THOMAS OUSSIN

À DOUBLE TOUR

ÉDITIONS VIVIANE HAMY

D'après une conception graphique de Pierre Dusser
Illustration de couverture : Illustration originale,
d'après des images © Mohamad Itani / Arcangel ;
© R. Wellen Photography / Shutterstock ;
© Blake Alan / Shutterstock
EAN : 978-2-3814-0050-1

À mes grands-mères

Déchirer par morceaux l'enfant aux yeux du père
N'est que le moindre effet qui suivra ma colère ;
Des crimes si légers furent mes coups d'essai :
Il faut bien autrement montrer ce que je sai ;
Il faut faire un chef-d'œuvre, et qu'un dernier ouvrage
Surpasse de bien loin ce faible apprentissage.

Pierre Corneille, *Médée*, I, IV

Pendant un an, huit mois et quatre jours, j'ai été caché. Presque deux ans d'une vie. C'est long deux ans dans une vie, surtout quand on est un enfant de huit ans. Pendant ces six cent douze jours le silence et l'obscurité ont été mes seuls amis. Presque les seuls.

Je continue à utiliser le mot « caché » lorsqu'il m'arrive d'en parler, sans doute dans un élan enfantin de ma part, mais le terme exact, en tout cas employé par mon avocat, c'est « séquestré ». J'ai été séquestré. Entre mes six ans et demi et mes huit ans.

J'ai toujours eu du mal à comprendre le processus qui m'a amené à être la victime de cette séquestration. D'autant que lors des tout premiers jours, je n'avais pas conscience de cette privation de liberté. J'étais, de mon point de vue, dans une situation à peu près confortable :

dans ma maison, avec ma sœur et ma mère. Comment imaginer que ce cocon douillet allait être ma prison et que celle qui m'avait mis au monde allait être mon bourreau ?

Ce qui a été une chance pour moi, c'est que je n'étais pas seul dans cette épreuve. Ma grande sœur a été un soutien constant. Du premier jour d'enfermement à la libération ultime, elle était à mes côtés. Je crois que, sans sa présence, je ne serais sans doute pas là aujourd'hui pour écrire ces quelques lignes. Je lui dois ma vie.

Victor. Voilà le nom qu'elle m'a donné à ma naissance, il y a un peu plus de dix sept ans à présent. Quelle ne fut pas ma surprise lorsque j'ai appris en cinquième que mon prénom signifiait « vainqueur » en latin ! Quelle ironie ! Je n'avais, pendant ces années de collège, absolument rien d'un vainqueur. J'étais une espèce de morceau de chair, un petit être chétif, à mille lieues du jeune homme que je suis devenu. Même si je sais que le chemin est encore long, je suis conscient que je reviens de loin. J'ai bel et bien vaincu quelque chose ou quelqu'un. Mes angoisses. Mes démons intérieurs peut-être. Cela dit, je n'ai pas tout vaincu ; un masque terne vient par moments affadir mon visage jovial. Mon esprit est traversé d'interrogations qui demeurent et demeureront tout le reste de ma vie.

Cela fait un peu plus de neuf ans que je suis sorti de cet enfer et parfois mes souvenirs se brouillent. Les années viennent déposer leur voile de crêpe sur ces instants. Sans doute mon esprit adoucit-il les angles de certains moments et en aiguise-t-il d'autres. Je vous demande donc d'excuser le caractère quelquefois fragmentaire de mon propos. Je vous livre ces informations comme elles reviennent à ma mémoire : tantôt elles surgissent avec facilité et simplicité, tantôt je les accouche aux forceps.

Par ailleurs, quand on a six ans et demi, on ne se souvient pas de tout. La conscience du temps se met alors tout juste en place. Il est donc possible que la chronologie des événements que je vais évoquer soit quelque peu approximative. Enfin, du fait de mon bas âge, certains éléments m'étaient totalement inconnus. C'est en recoupant les témoignages de tierces personnes, en lisant les notes d'audience du procès et les différents documents archivés dans le dossier que j'ai pu tenter de reconstituer le déroulement des faits. Et aussi grâce à ma grand-mère. Ah… Ma grand-mère, tout un poème ! Je l'appelle Ma. Elle aussi me parle… Parfois…

« Reconstituer le déroulement des faits », c'est une chose. Les comprendre, c'en est une autre. Vaste programme que d'essayer de trouver des réponses à ces « pourquoi ? ». Pourquoi ma mère a-t-elle séquestré ses deux enfants ? Et pendant aussi longtemps ? Pourquoi ne pas nous avoir abandonnés, plutôt ? A-t-elle, à un moment, songé à la folie de son acte ? Y songe-t-elle maintenant ? Je me demande comment une femme peut en arriver à vouloir oublier, à vouloir soustraire de sa vue, de celle des autres, ses propres enfants. Autant de questions avec lesquelles je vais devoir vivre.

Ma, assise au bout de la table de la cuisine, est occupée à faire ses mots croisés en silence. Je lève de temps en temps le regard et décroche de ma dissert de philo pour l'observer. Elle est concentrée et aspirée par son activité. Comme si de rien n'était, elle se rend aux pages finales pour jeter un œil furtif aux solutions. « Juste pour vérifier », dit-elle. Ça m'amuse et je la taquine parfois.

Elle a la respiration profonde et apaisée des gens d'expérience. Sa présence a toujours eu un effet rassurant sur moi, en tout cas depuis que je vis chez elle. J'ai pris l'habitude de faire mes devoirs sur la table de la cuisine, près d'elle, alors même qu'elle avait aménagé un coin bureau dans ce qui est devenu ma chambre.

Au milieu de cette vieille maison à la décoration des années soixante-dix, je me sens bien.

Ce n'est pas le lieu de vie rêvé pour un garçon de dix-sept ans, certes, mais c'est chez moi. J'ai cependant mis du temps à considérer cette maison comme la mienne.

Les premiers jours qui ont suivi ma libération demeurent assez flous. Je me souviens de nuits à l'hôpital, d'un nombre incalculable de rendez-vous dans des bureaux : gendarmerie, psychologue, avocat, aide sociale à l'enfance. Ils se ressemblaient tous, je ne les différenciais pas vraiment. Je me contentais de répondre aux questions de ces gens du mieux que je le pouvais, bien souvent sans lever les yeux. J'observais à chaque fois avec une grande attention le revêtement des bureaux qui nous séparaient, les « interrogateurs » et moi. Je finissais par en connaître chaque texture, chaque nervure, chaque égratignure. Ils constituaient pour moi les garants de mon espace vital. Je percevais que toutes ces personnes voulaient mon bien, mais j'étais quelque peu apeuré après avoir passé des mois privé de tout contact social. J'avais surtout, je pense, peur de mal faire, et je vivais ces moments avec une extrême tension, tiraillé par la crainte de commettre une erreur qui aurait déclenché leur colère.

Dans l'attente de savoir qui s'occuperait de moi, j'ai passé, à ma sortie de l'hôpital, plus d'une semaine dans un foyer. Je n'ai gardé des nuits dans ce lieu que l'image de mes petits poings serrant un coussin jaune ainsi qu'une vague impression de sanglots dans la nuit, dont je ne sais *a posteriori* s'il s'agissait des miens ou des pleurs de mes co-pensionnaires de fortune.

Il fallut d'abord contacter mon père, qui avait disparu du paysage, mais il fut décidé que je n'irais pas chez lui ; je reviendrai plus en détail sur ce point. Ma grand-mère, dans un premier temps, ne voulut pas de moi, me confia-t-elle. Elle avait coupé les ponts avec sa fille, ma mère, plusieurs années auparavant et préférait rester en dehors de toute cette affaire. Elle ne me connaissait pour ainsi dire pas et j'étais presque un étranger pour elle. Me prendre chez elle ne serait qu'une source d'emmerdements, pensait-elle. Elle avait d'autres chats à fouetter. Pourtant, et j'ignore si son revirement est dû à l'obstination de l'assistante sociale ou si la pitié l'avait assaillie le jour où elle avait découvert mon visage marqué par le poids de l'hébétude, mais elle finit par m'accueillir chez elle. Sa volte-face ne s'arrêta pas là, puisqu'elle prit la résolution de se constituer partie civile, contre ma mère.

Au début, je fus installé dans l'ancienne chambre de mon oncle Joseph, laquelle conservait quelques stigmates de son adolescence comme une cible de fléchettes dessinée directement sur le mur et un poster d'ACDC. Puis très vite, sur les conseils avisés de l'assistance sociale, et grâce à l'aide apportée par un autre de mes oncles, Michel, la chambre fut repeinte et aménagée de manière à convenir davantage à un enfant de mon âge. Selon les experts, il était souhaitable que je m'approprie ce lieu et que je m'y sente en sécurité. Pour ma part, j'avais surtout l'impression de flotter, comme un ballon sans attache, égaré entre deux courants d'air. Je me retrouvais vide, seul, sans ma mère, ce qui était sans doute mieux, mais surtout sans ma sœur qui avait été mon compagnon de jeux, mon unique amie, ma confidente, mon institutrice, pendant ces longs mois. J'avais perdu l'habitude de l'école. Je restais assis sur mon lit à contempler les palmiers verts et bleus imprimés sur la housse de couette. Et j'attendais. Quoi ? Je n'en avais aucune idée. Ma grand-mère, à sa façon, c'est-à-dire avec une attitude maladroite et un ton de butor, tentait de me stimuler : « T'as pas fini de rêvasser ? Viens donc m'aider à éplucher les patates ! » « Bouge ton cul de ce tabouret, va jouer dans le jardin ! » « On va faire des crêpes ! » J'ai fini par m'habituer à cette vie. À cette autre vie. À cette nouvelle vie. À cette étroite cour grillagée qui servait de jardin, à cette maison coincée dans une autre époque, aux scènes de chasse représentées sur le papier peint du salon, à ce canevas au-dessus du canapé, à cette petite horloge sous un globe de verre et dont le balancier tournait sur lui-même invariablement.

Si l'enchaînement exact des jours suivants se brouille dans les limbes de ma mémoire, je me souviens avec précision du premier jour de notre captivité. C'était le 4 janvier 1989, les vacances de Noël se terminaient puisque nous étions censés reprendre le chemin de l'école le lendemain. Malgré le froid, le soleil nous avait permis de jouer de longues heures dans la neige. Amandine, ma grande sœur, s'autoproclamait toujours maîtresse de cérémonie, et c'est elle qui supervisait la construction de notre igloo, validait la taille de la tête de notre bonhomme de neige, décidait de la fin des réjouissances. Elle aimait avoir ce pouvoir.

Lors du déjeuner, ma mère nous parut absente, préoccupée. Nous n'y prêtions guère attention. Dans l'après-midi, alors que nous inventions dans une agitation modérée une nouvelle histoire entre les poupées de ma sœur et mes animaux de la ferme, notre mère surgit sans mot dire dans la chambre, écrasant au passage l'enclos des chevaux de Barbie, prit la clé fichée dans la serrure, referma la porte et nous enferma à double tour. Devant ce geste incompréhensible, ma sœur et moi restâmes stupéfaits mais nous nous remîmes aussitôt à nos activités. Il n'était pas rare que nous assistions à des accès de colère de notre mère, surtout les derniers temps, et nous en conclûmes que nous avions dû la froisser sans nous en rendre compte. Depuis le départ de notre père, elle était devenue très irritable et nous criait souvent dessus. Pour un rien. Pour une chaise mal rangée, pour un éclat de rire qu'elle trouvait injustifié, pour une baguette de pain que nous avions entamée en cachette. Les occasions étaient multiples. L'avantage, c'était que ça passait vite. Elle se radoucissait aussi rapidement qu'elle s'était enflammée, comme le papier flash des magiciens qui disparaît dès qu'il s'est embrasé.

Cependant lorsque, au milieu de l'après-midi, je fus pris d'une envie pressante de me rendre aux toilettes, je trouvai la porte toujours close. Je tambourinai.

– Maman ? Tu peux ouvrir ? J'ai envie d'aller aux toilettes.

Le silence autour de nous.

– Maman ? S'il te plaît !

L'écho de ma voix dans la chambre me mit dans un état de panique. Nous commençâmes à tambouriner tous les deux contre la porte, hurlant, suppliant notre mère de nous ouvrir, quémandant un peu de compassion, pendant que je sentais mon envie devenir incontrôlable. Nos cris et nos suppliques restaient sans réponse ; nous nous demandions s'il ne lui était pas arrivé quelque chose. Ma sœur eut l'ingénieuse idée de me faire utiliser la corbeille à papier pour me soulager. J'hésitai un instant, mais devant le caractère impérieux de la situation, je me résignai à faire pipi dans la poubelle.

Je me sentais bête, gêné d'avoir souillé cet objet qui n'était pas fait pour ça, qui plus est sous le regard de ma grande sœur. Elle avait eu beau faire preuve de gentillesse en détournant les yeux pour effacer sa présence, je savais qu'elle était là. J'étais tout penaud, mais au moins délivré de la tension qui tiraillait mon bas-ventre et me brûlait de l'intérieur. Nous étions tous les deux, plantés au milieu de la pièce, désemparés, alors que l'odeur d'urine commençait à imprégner l'air ambiant, et que nous ne pouvions ouvrir la fenêtre, sa poignée ayant été cassée par nos soins quelques semaines auparavant lors d'une de nos séances de « corde à sauter acrobatique », comme nous aimions à les appeler. Notre mère n'avait pas daigné la faire réparer. Nous nous retrouvions donc pris au piège entre ces quatre murs, sans échappatoire possible. Amandine tenta à nouveau de cogner à la porte.

– Maman ? hurlait-elle. Tout va bien ? Réponds ! On s'inquiète pour toi. Maman ? Victor a fait pipi dans la corbeille, il faut nettoyer maintenant. Maman ?

Ses mots se heurtaient au bois de la porte et se perdaient dans le silence de la maison. Ma sœur frappa de plus belle, puis essaya avec maladresse de jeter son corps frêle contre la porte dans l'espoir de la défoncer. La cloison refusa son épaule. On entendit alors monter, depuis la cuisine, à l'autre bout du couloir, les paroles fulminantes de notre mère qui manifestait sa présence avec une menace saisissante :

– Vous allez la fermer maintenant ! Je ne veux plus vous entendre, si vous voulez sortir…

– Mais qu'est ce qu'on a fait ? interrogea ma sœur.

– J'AI DIT QUE JE NE VOULAIS PLUS VOUS ENTENDRE ! hurla de rage notre mère, découpant chaque syllabe.

Nous nous résignâmes à ne pas comprendre. Je me souviens que les jouets restèrent en plan au milieu de la chambre ce soir-là. Nous n'avions plus la tête à l'amusement. Chacun s'installa sur son propre lit et le sommeil dut finir par nous accueillir dans ses bras à force d'attendre. Personne ne vint nous apporter à dîner. Personne ne vint nous libérer. Notre mère ne se soucia pas de fermer les volets de l'extérieur comme elle avait pris l'habitude de le faire depuis que la fenêtre était inutilisable.

Ce furent les rayons du soleil qui me réveillèrent et aussitôt la faim se mit à me tenailler l'estomac. Nous dûmes à nouveau recourir à la corbeille pour faire nos besoins. Notre enfer commençait.

J'ai beaucoup lu sur le sujet, surtout depuis que je suis au lycée et que je peux commander des livres auprès de ma documentaliste, pour essayer de concevoir comment une mère peut en arriver à de telles extrémités, pour tenter de mettre des mots sur l'indicible, sur l'impensable. Les théories des psychiatres et des psychanalystes sont dignes d'intérêt, mais elles ne satisfont pas mon besoin de saisir dans sa globalité le mécanisme qui a été à l'œuvre dans le cerveau de ma mère. Les rapports d'experts ajoutés au dossier du procès m'ont mis sur des pistes qu'il ne m'est pas toujours aisé d'interpréter tant leur jargon renvoie à des concepts qui ne me sont pas familiers. J'ai beau être en terminale littéraire et avoir longtemps côtoyé des psys, je ne suis pas un spécialiste. Ces mots sonnent souvent creux pour moi : « instabilité affective, manifestée par des conduites à caractère hystérique », « contexte familial inharmonique », « absence de repères identificatoires stables », « personnalité abandonnique », « dépendance de la mère médéïque à son mari, dépendance telle qu'elle n'assume pas sa perte »...

De ma petite enfance, ne me restent que quelques bribes de souvenirs épars, d'un pique-nique au bord de la rivière, d'un réveillon de Noël avec notre très grande famille, de mon appendicite et de l'opération qui s'ensuivit. C'est, il me semble, le souvenir le plus précis que je garde de cette période d'avant notre calvaire, peut-être aussi parce que Ma m'en parle souvent, et que ses mots se sont transformés en images dans mon esprit. J'avais quatre ans. Je jouais seul dans ma chambre quand tout à coup une douleur me transperce l'abdomen. Je crie comme un animal qu'on égorge. On m'emmène à l'hôpital en urgence. Des flashs d'un plafond éclairé par un néon blanc et d'un liquide visqueux et jaunâtre sur ma peau me reviennent encore. Ce qui demeure le plus traumatisant pour moi, c'est que je n'étais pas totalement endormi lorsqu'ils m'ont intubé et qu'ils m'ont sanglé sur le lit, les quatre membres écartés. J'en garde la sensation d'une détestable et impuissante soumission, mon corps à la merci de leurs instruments tranchants. Le séjour à l'hôpital fut court : on m'avait mis dans la même chambre que mon cousin, de sept ans mon aîné, qui, coïncidence totale, venait de subir cette intervention deux jours auparavant. Je me revois ouvrir un cadeau, offert par mes parents peut-être : des Playmobil Esquimaux avec leur igloo. Ma aime me préciser que je racontais tellement de bêtises que je faisais beaucoup rire mon cousin qui, du coup, se plaignait de tiraillements au niveau de sa cicatrice. Pourtant Ma n'était pas là, elle était fâchée avec mes parents depuis longtemps ; c'est Fabien, mon cousin, qui lui a rapporté tout ça, et elle a fini par s'approprier cette histoire.

Ah ! La fameuse cicatrice qui m'a causé tant de douleurs lorsqu'il fallut enlever les fils ! Je crois me souvenir que la manœuvre se déroula en plusieurs fois, plus douloureuses les unes que les autres. Ce dont je suis sûr, c'est que le chirurgien, le médecin ou l'infirmier – je ne sais quel était le statut de cette personne – tremblait et s'y prenait comme un manche. Il dut charcuter mes chairs à maintes reprises pour tenter d'extraire ces morceaux de nylon qui reliaient les deux bords de la plaie. Il n'y parvint qu'en partie. Je garde de cet épisode, sous ma peau, une marque indélébile, la petite trace noire d'un morceau de fil qu'il ne réussit pas à retirer. C'est la seule cicatrice que j'ai sur mon corps. La seule cicatrice physique.

Les quatre premières années de ma vie ne furent marquées ni par la peine ni par le malheur. Sans parler de joie ou d'euphorie, je dirais qu'elles furent ordinaires. Nous vivions le quotidien d'une famille lambda habitant dans une petite ville de province. Le départ de mon père vint assombrir le tableau. Nous ne vîmes pas, ma sœur et moi, de signes précurseurs de sa fuite. Notre mère nous annonça juste de but en blanc, un soir après l'école, qu'il ne reviendrait plus. Dès lors, il devint le « méchant » dans la bouche de notre mère, ou, si l'on veut être plus précis, « l'autre connard ». Elle ne pouvait toutefois s'empêcher de parler de lui et passait son temps à le dénigrer.

Du jour au lendemain, nous n'avons plus eu le droit à de nouveaux jouets ou à de nouveaux vêtements. Nous devions faire avec ce qui était déjà en notre possession, sans en réclamer davantage, au risque de recevoir comme unique réponse :

– Ben t'as qu'à demander à ton connard de géniteur !

Les visites d'amis ou de gens de la famille se raréfièrent. La disparition de notre père eut pour effet de susciter chez notre mère un état d'exaspération permanente auquel ma sœur et moi étions suspendus. L'évolution de notre existence s'était arrêtée là, à cette fracture qui nous était, en tant qu'enfants, plus ou moins perceptible.

La lecture des notes d'audience du procès relatives aux témoignages de ma mère et de mon père est venue m'apporter un éclairage fondamental sur le départ de ce dernier, resté jusque-là inexpliqué.

Environ un an après ma naissance, mon père, bel homme au demeurant, a obtenu une promotion dans sa boîte qui vendait des matériaux de construction. Il a alors commencé à passer une bonne partie de ses semaines en déplacement, et puis certains week-ends. Il rentrait tard, nous ne l'attendions plus pour dîner. Les contrats juteux qu'il ne fallait, selon lui, pas louper devinrent une excuse fréquente et un alibi parfait. Quelques mois après l'opération qui consista à me retirer l'appendice, ma mère découvrit le pot aux roses : depuis près de quatre ans, mon père avait une double vie. D'après ce qu'il expliqua à la barre, il avait rencontré Lydie lors d'un rendez-vous professionnel. L'attirance avait tout de suite été très électrique entre eux, et il ne leur avait pas fallu beaucoup de temps pour « planter le javelot dans la moquette », en faisant fi des conséquences de cette relation extra-conjugale. La réflexion viendrait ensuite. Et elle advint très vite lorsque Lydie lui annonça qu'elle était enceinte. Devant le fait accompli, mon père dut tout avouer : son mariage et l'existence de ses deux premiers rejetons. Ma mère, de son côté, fut maintenue dans l'ignorance. Lorsque le second enfant de Lydie et de mon père pointa le nez, la situation évolua et la maîtresse accentua la pression pour devenir l'officielle. J'ignore comment ma mère décela la supercherie. Acculé, mon père fut contraint de tout lui révéler. L'hystérie que provoquèrent ces paroles chez ma mère le convainquit de faire ses valises. Nous étions à l'école ce jour-là. Il expliqua au juge que pendant des mois il avait essayé de téléphoner à plusieurs reprises pour nous parler, mais que ma mère refusait toujours de nous passer le combiné. Une fois, je me souviens de l'avoir vu débarquer à la maison, peu de temps avant que commence notre martyre. J'avais ouvert la porte et il avait tout juste eu le temps de me prendre dans ses bras avant que ma mère arrive telle une furie pour s'interposer entre nos deux corps, l'invectivant en des termes que les années ont effacés dans ma mémoire. Je ne retiens que la puissance de ses cris perçants et son visage rouge dévoré par ses yeux injectés de sang.

Par la suite, mon père lui envoya une lettre pour lui signifier que, puisqu'elle l'empêchait de voir ses propres enfants, il songeait à suspendre la pension qu'il lui versait. Il ne le fit jamais. Il savait qu'elle avait arrêté de travailler dès la naissance de ma sœur, et que c'était là son seul moyen de subsistance. Il avoua alors avoir tout simplement renoncé à voir ses deux « autres » enfants. Le greffier note alors « les larmes du père ».

Ce fut cette lettre qui arma la main de notre mère pour tourner la clé dans la serrure ; ce petit geste anodin aux conséquences désastreuses sur nos vies. Elle justifia son acte ainsi devant les jurés :

– Je voulais punir mon mari. Et puis de voir leur visage, de les entendre, ça me rappelait trop lui. J'en pouvais plus, j'avais envie d'exploser.

Je crois que je n'en veux pas à mon père d'avoir couché avec cette femme, cette Lydie, de lui avoir fait deux enfants. Il n'a pas été honnête avec ma mère, c'est vrai, mais ça ne me regarde pas, ce n'est pas mon affaire. J'espère que ce n'est pas une espèce d'entraide masculine qui me fait écrire ces mots. Je ne le pense pas ; c'est juste que ces dernières années m'ont appris qu'on pouvait être très bien avec une fille et avoir envie de coucher avec une autre. Ça ne doit pas être une spécificité propre à mon sexe, les femmes également doivent avoir ce genre d'envies. Là où j'ai davantage de mal à lui pardonner, c'est dans sa manière d'avoir baissé les bras aussi vite. Pendant ces presque deux ans de séquestration, s'il était venu, s'il s'était imposé, s'il avait enfoncé la porte de la maison pour nous voir, tout cela se serait sans doute passé autrement. Je ne peux m'empêcher de le penser.

Cela va faire bientôt dix ans que je n'ai pas vu ma mère, douze ans que je n'ai pas vu mon père. C'est plutôt le visage de ma mère que je me surprends parfois à oublier. Ses traits ont tendance à se brouiller. Je ne me souviens plus de son sourire, je ne me souviens plus de la longueur de ses cheveux, du contact de sa paume contre ma nuque, de son parfum, de la forme de ses yeux, de l'intonation qu'elle mettait en prononçant mon prénom. Je ne sais plus tout ça. J'ai peut-être appris à les oublier.

Je m'étonne souvent de l'impressionnant silence qui règne dans la maison de ma grand-mère. Nous sommes dans une vieille bâtisse mal insonorisée, au cœur d'une ville de près de dix mille habitants, et malgré cela il arrive qu'un calme sépulcral l'emplisse. Je peux vous dire que lorsque Ma et moi sommes assis autour de la table de la cuisine, on entend littéralement les mouches voler. D'ordinaire, je m'amuse à les attraper pendant que Ma est affairée à la cuisine ou à ses mots croisés. Il suffit d'approcher de l'insecte, la main entrouverte, en douceur, sans qu'il puisse détecter votre attaque, puis d'un coup sec, en anticipant légèrement son envolée, de refermer sur lui votre emprise. Je n'éprouve aucun plaisir sadique à la sentir se débattre à l'intérieur de ma paume. Cela m'amuse, c'est tout ! Chaque fois je lui redonne sa liberté. Il m'est même arrivé d'en attraper deux d'un coup ! On se divertit comme on peut…

Ce silence ne m'est jamais pesant. Au contraire, il m'apaise. Les paroles ne sont pas toujours nécessaires entre Ma et moi. Certains jours, quand je rentre de l'école, elle me regarde sans mot dire et d'un geste du menton me désigne une assiette recouverte d'un papier aluminium posée sur la table de la cuisine. Je sais alors à coup sûr que sous ce papier se cachent une bonne demi-douzaine de crêpes bien grasses comme elle sait les faire, fourrées à la confiture de fraise. Rien que pour moi. Un régal ! Sentir ce gras et cette confiture couler jusqu'à mon poignet est un plaisir que je ne bouderai jamais. Elle le sait. Je n'ai pas besoin de le lui dire.

Ce silence, rien ne vient le troubler, hormis lorsque Ma allume la télé. Elle devient tellement sourde qu'elle règle le volume du son à fond. Les voisins ne semblent rien entendre. Comme elle ! Ça me gêne lorsque je dois me concentrer sur mes devoirs, mais j'en profite souvent pour écouter de la musique au même moment, et je n'hésite pas à pousser moi aussi le volume au maximum. J'aime sentir les vibrations des basses parcourir mon corps. Ça me fait frissonner de percevoir comment quelques notes peuvent animer mon être, des orteils jusqu'à la pointe de mes cheveux.

Ma parle peu. Chacun de ses mots est pesé. Elle se laisse parfois aller à des éclats de voix non contrôlés, et dans ces cas-là elle est en roue libre. On ne l'arrête plus ! Elle peste par exemple contre les employés des poubelles qu'elle traite d'« enculés », de « peigne-culs », lorsqu'elle estime qu'ils n'ont pas travaillé proprement. Elle enrage aussi contre le maire qui a fait aménager une maison des jeunes dans notre quartier :

– Encore un repaire pour les putes et les drogués !

Enfin, elle ne supporte pas les Allemands, et si elle vient à en voir un à la télé, elle ne peut s'empêcher de l'injurier :

– Sale boche ! J'oublierai jamais ce que les tiens ont fait à mes amis ! C'étaient des vraies passoires quand je les ai trouvés dans le champ ! Je sais bien que ceux de maintenant y sont pour rien. Mais c'est comme ça. J'peux pas les voir !

Bien sûr, elle a connu la guerre et ça n'a pas dû être facile pour elle de vivre à cette époque. À l'annonce de la défaite de la France, elle, son père, sa belle-mère et tous ses frères et sœurs étaient prêts à partir pour la zone libre. Les valises étaient dans la cour quand les Allemands sont arrivés et leur ont intimé l'ordre de tout remettre dans la maison. Ils ont dû rester et vivre dans ce pays occupé. Elle a été obligée de servir les soldats allemands qui se présentaient au Buffet de la Gare où elle travaillait, de les saluer, de supporter leurs remarques et leurs regards sur ses jambes. Elle a enduré les délations autour d'elle, les explosions, les fusillades, les wagons à bestiaux remplis d'êtres humains qui passaient devant ses yeux impuissants. Alors je comprends son aversion, je lui rappelle simplement :

– Ma, ils ne sont pas tous comme ça, et c'est du passé maintenant, tu le sais bien !

Elle se contente de souffler.

Ma et moi avons dû nous apprivoiser mutuellement. Je n'avais aucun souvenir d'elle. Elle, de son côté, m'avait aperçu une ou deux fois, de loin. Nous étions de parfaits inconnus l'un pour l'autre. Au début, elle ne m'adressait presque jamais la parole et donnait l'impression de ne pas vouloir poser ses yeux sur moi. Habitué que j'avais été à me taire, je restais silencieux et je l'observais. J'ai, je pense, acquis de l'enfer que j'ai vécu une grande sensibilité au monde extérieur, une certaine acuité dans ma manière de contempler l'univers et de le ressentir. J'avais donc la sensation que ma grand-mère m'évitait.

L'une des premières choses que Ma fit avec moi fut de m'emmener chez le coiffeur. Après ces deux années d'isolement, ma tête était devenue une véritable forêt vierge, avec sa faune et sa flore ! Et Ma refusait de peigner ma tignasse.

– C'est bon t'es grand ! T'as pas besoin de moi pour ça !

Quand j'y songe, je comprends à présent ce qui devait la rebuter. Alors que j'étais tétanisé de voir la coiffeuse s'approcher de moi avec sa paire de ciseaux, je remarquais tout de même dans le miroir que plus mes cheveux raccourcissaient, plus le regard de ma grand-mère osait s'appesantir sur moi. Pourtant je me crispais, j'avais l'étrange sensation qu'à chaque coup de lame on coupait un morceau de moi et je voyais mes cheveux tomber sur le sol comme autant de membres que l'on m'arrachait. Je me sentais nu, j'avais froid dans le cou, mais mon reflet dans la glace me plaisait. Ma me dévisagea pour la première fois et s'exclama :

– Eh ben ! C'était pas du luxe ! Au moins maintenant t'as l'air d'un petit garçon, tu ne ressembles plus à ta mère !

Je perçois dans ces mots que, pour elle, ne plus ressembler à ma mère, détricoter les liens qui m'avaient uni à elle, représentait un absolu à atteindre. Une manière de gommer le chaînon entre Ma et moi. Ce passage dans le salon de coiffure constituait la première étape vers la déconstruction – c'est-à-dire ma reconstruction.

Au début, un éducateur venait nous voir une fois par mois. Il me posait des questions en tête à tête. Je lui disais que ça allait. Je ne pouvais pas prétendre le contraire ; après ce que j'avais enduré, avoir un lit, à boire et à manger relevait du confort et de l'opulence. Je ne transpirais pas le bonheur ; ça allait, c'est tout. Je crois lui avoir dit un jour que ma sœur et ma mère me manquaient. Ça m'était sorti comme ça, sans réfléchir. Je ne sais s'il en tira alors quelques conclusions et s'il se mit à douter de la capacité qu'avait ma grand-mère de me donner une éducation convenable. Ses visites finirent toutefois par s'espacer pour devenir annuelles au collège, et par disparaître au lycée.

Quelques semaines après mon arrivée chez Ma, je fus pris de terreurs nocturnes. Je m'éveillais, perdu et trempé de sueur, dans un état de détresse et de nervosité qui me poussait à hurler. La toute première fois que cela m'arriva, Ma me traîna dans la baignoire pour me faire prendre une douche froide. J'eus le droit aussi à :

– Bon maintenant c'est fini ta comédie ! Tu dors !

Soit qu'elle eût constaté que sa technique était d'une inefficacité totale, soit qu'elle ait été tout à coup prise d'un sentiment de pitié ou de remords à mon égard, elle changea son fusil d'épaule et finit par prendre ma tête sur ses genoux et par me caresser les cheveux jusqu'à ce que ma crise s'apaise. Pour la première fois je sentais le contact de sa main sur moi, pour la première fois je découvrais dans sa manière de susurrer « Chut ! Chut ! » à mon oreille un ton que je ne lui connaissais pas. J'aimais ses caresses. J'aimais ses murmures. Elle entreprit même de me lire une histoire avant de me coucher et, pour ce faire, elle avait acheté d'occasion tout un stock d'albums de la collection *Mickey Club du livre*. Elle en prenait un au hasard et commençait la lecture. Son rythme assez expéditif trahissait son envie d'en finir au plus vite et d'aller voir sa télé. Je me hasardais quand même à poser ma tête sur ses cuisses. Ma main partait à la rencontre de la peau plissée de ses mollets. Elle se laissait faire et ralentissait parfois un peu son débit.

Lorsque mes crises s'arrêtèrent, elle décida de mettre un terme à ce rituel.

– T'es grand maintenant ! T'as plus besoin de moi pour lire !

Je n'avais plus besoin d'elle pour lire, c'était vrai, je n'avais jamais eu besoin d'elle pour lire. Ce n'était pas ça… mais j'aurais bien continué.

Pour faire subsister ces instants, je pris l'habitude de poursuivre cette lecture quotidienne, seul, le soir, dans mon lit – je m'y tiens d'ailleurs encore assez souvent. La savoir là, dans le salon, de l'autre côté du mur de ma chambre, en train de s'endormir à moitié devant la télé comme elle le faisait aussi en plein après-midi, instillait en moi un sentiment de quiétude.

Mes années de collège ont été assez difficiles. J'arrivais plus ou moins à suivre au niveau scolaire, mais j'étais un handicapé des relations sociales. Il faut dire que ces deux ans à l'écart de mes congénères avaient contribué à me désociabiliser. J'étais donc un garçon assez effacé et je faisais tout pour ne pas me mêler aux autres. Je crois à présent que je ne supportais pas leur regard sur moi. Dans la ville, tout le monde connaissait mon histoire, tout le monde savait que j'étais le gamin qui avait été séquestré par sa mère. Si mes camarades ne m'en parlaient presque jamais, je sentais leur pitié, leur moquerie, leur dédain, leur complaisante sympathie, et cela me hérissait. J'aurais aimé que ma grand-mère me change de collège, me mette dans celui situé à une trentaine de kilomètres de chez nous. Jamais je ne lui en ai parlé. Je savais bien que ce serait impossible pour elle d'un point de vue pratique. Je bouillais en silence.

Il m'arrivait parfois d'exploser sous la pression, et ces accès de colère n'étaient guère reluisants. Il fallait me voir crisper la mâchoire jusqu'à ce que mon visage prît une teinte de feu. Le signal était donné. Je me mettais à vomir toutes les insultes que je connaissais, en bégayant à moitié, et en arrosant les autres avec tout ce que je pouvais de bave. Je crois que ça ne leur faisait pas vraiment peur. J'étais plutôt ridicule. À chacun de mes élans de fureur, Ma était convoquée. J'avais honte de lui infliger ça, honte de l'obliger à justifier le comportement de son petit-fils.

– Vous savez, avec ce qu'il a vécu, le pauvre gamin !

Ma n'aimait pas beaucoup évoquer mon histoire. Elle savait que tout le monde était au courant. Mais elle s'assurait quand même que tout le monde était bien au courant. Ce n'était pas là une manière pour elle de s'attirer quelque gloire ou quelque compassion, je pense qu'elle essayait juste de me trouver des excuses. Elle tentait toujours de faire en sorte que les choses soient plus douces pour moi, comme lorsqu'elle me préparait des crêpes.

Sans en faire des caisses, avec ce qu'elle avait, avec ce qu'elle était. Je sentais bien qu'à sa façon, elle s'efforçait de m'aimer du mieux possible.

Compte tenu de mon comportement, j'avais peu d'amis. Je me suis ainsi réfugié dans la lecture, et je dois dire que celle-ci me procurait tout ce dont j'avais besoin. Je passais mes récréations dans un bout de couloir, ou, lorsque je m'en faisais chasser, dans un coin de la cour, un livre à la main, à parcourir le monde avec mes compagnons imaginaires. Je visitais le centre de la Terre, partais sur une île déserte, seul au milieu de l'océan, découvrais des peuples et des territoires jusque-là inconnus. Il me suffisait de poser le regard sur quelques lignes pour être aspiré et faire abstraction complète de ce qui se passait autour de moi. Je me retrouvais à nouveau plongé dans cette bulle de silence.

Le silence. Ce silence aux impressions si contradictoires lors de notre enfermement. Tantôt rassurant, tantôt angoissant. Lorsque nous entendions notre mère, occupée à cuisiner, à regarder la télévision, à se doucher, tous ces sons qui nous parvenaient depuis l'autre côté de la porte nous soulageaient, ma sœur et moi. Nous savions que tant qu'elle était accaparée ailleurs, elle ne s'en prendrait pas à nous, nous étions tranquilles à l'abri des coups. Mais le silence... Si nous avions entendu la porte d'entrée claquer, ou la voiture démarrer, nous pouvions supposer avec une certitude quasi infaillible qu'elle était partie. Dans le cas contraire, le calme de la maison nous tétanisait. Guettant la moindre trace sonore de notre mère, nous restions à l'affût, telles des bêtes traquées, le souffle suspendu, comme paralysés par la crainte. Nous n'étions plus capables de faire autre chose. Il me semble inutile de préciser que notre mère nous avait imposé de nous taire dès les premiers jours de notre enfermement. Nous ne devions nous manifester d'aucune manière. De temps à autre, elle daignait nous apporter de quoi nous nourrir. Nous avions compris qu'il nous était interdit de demander quoi que ce fût, y compris concernant nos besoins primaires. Nous avions donc pris l'habitude de supporter la faim qui nous tordait les tripes du soir au matin. Nous pouvions parfois rester trois jours sans qu'elle nous donne à boire ou à manger. Heureusement ma sœur, sans doute plus réfléchie et plus prévoyante que moi, avait la tâche de nous rationner et économisait les quelques vivres que l'on obtenait.

L'envie de me plaindre, de crier mon désespoir, de geindre contre la porte de notre chambre, de raconter ma faim pour mendier de la nourriture auprès de notre mère me traversait parfois l'esprit. Mon expérience ainsi que les conseils de ma sœur m'avaient toutefois appris que tout manquement à notre silence obligé pouvait avoir des conséquences terribles.

Si ma mère devait veiller à ce que personne n'entre dans sa baraque, il lui arrivait de se laisser surprendre. Un matin, peu après notre réveil, nous entendîmes la sonnette de la porte d'entrée retentir. La chose était rare et suffisamment surprenante pour que nous soyions sur le qui-vive. La voix d'une femme inconnue se mêlait à celle de notre mère. Une histoire de lettre ou de colis. Ce devait être la factrice et l'intonation de notre mère donnait l'impression qu'elle tentait de se débarrasser d'elle. Sans prévenir, je fus pris d'une salve d'éternuement que je ne parvins pas à réprimer. Une fois la factrice renvoyée, j'entendis le pas pressé de ma mère se rapprocher et la clé tourner dans la serrure. Après s'être assurée d'avoir bien refermé la porte derrière elle, elle m'attrapa par le col de mon tee-shirt et me projeta sur mon lit. Puis je sentis sa main s'abattre sur mes cuisses, et répéter ce mouvement jusqu'à épuisement, alternant claques et coups de poing. Comment savait-elle que c'était moi et non ma sœur ? Peut-être frappait-elle au hasard. En tout cas la douleur était bien réelle et n'était pas le fruit du hasard. Le temps semblait s'être arrêté et je recevais chaque coup de sa main comme s'il était porté avec la force de dix mille bras.

– Pardon, réussis-je à articuler entre deux chocs.

Ma voix ne parvint pas à éteindre sa fureur.

– Plus jamais vous me refaites un coup pareil, se contenta-t-elle de lancer en quittant notre cellule, l'index raidi par la menace. Plus jamais !

Ravalant mes sanglots, je ne trouvais comme maigre consolation qu'un morceau de drap que je me mis à serrer, à cajoler pour essuyer mes larmes, douceur à laquelle vinrent s'adjoindre les caresses des petites mains de ma sœur sur mes cheveux.

À plusieurs reprises, au début, lorsqu'il arrivait à notre mère de pénétrer dans notre chambre, nous essayâmes de l'attendrir, avec des pleurs, des mots tendres, des questions, des suppliques : « S'il te plaît » « Laisse-nous sortir ! » « Qu'est-ce qu'on a fait ? » « On peut utiliser les toilettes ? » Chaque fois, nos voix ne faisaient qu'attiser sa violence.

– Fermez-la ! Fermez vos gueules ! crachait-elle, les dents serrées.

Nos mots, comme autant de rappels que nous étions des êtres humains dotés du langage et de la pensée, l'irritaient au plus haut point et la mettaient dans un état de rage qu'elle ne maîtrisait plus, et elle distribuait alors quelques coups au passage. Nous cessâmes de lui parler.

Notre silence était le gage de notre survie. Nous devions trouver d'autres moyens pour nous exprimer, pour nous défouler, si bien que mon oreiller était devenu le réceptacle placide de ma rage. Je le mordais avec frénésie lorsque j'enrageais d'incompréhension : pourquoi personne ne venait-il nous sauver ? Pourquoi personne ne se rendait-il compte de notre absence, à l'école notamment ? Nos amis nous avaient-ils tous oubliés ? Notre mère avait-elle réussi à nous faire disparaître de leur esprit ? La ouate de mon coussin restait désespérément muette…

Depuis l'épisode des terreurs nocturnes, Ma n'a jamais réussi à me caresser de nouveau, à me prendre dans ses bras, à m'embrasser. Je sens qu'elle en a toujours eu l'envie mais, dès le début, une immense pudeur s'est installée entre nous. Pour elle c'est peut-être superflu, ou quelque chose d'acquis : elle l'a fait quand elle voyait que je n'allais pas bien, maintenant plus besoin de le refaire. Sans doute aussi croit-elle que je n'en éprouve pas le besoin. Ça me manque terriblement pourtant, même à mon âge. Je compense cette absence grâce à un moment qui s'est imposé comme un rituel entre nous : une fois par semaine, le samedi matin, Ma défait son gros chignon et déploie sa longue chevelure grisonnante pour son shampooing hebdomadaire. Elle installe une grande bassine bleue sur la table de la cuisine, y verse quelques pichets d'eau chaude, dépose le savon juste à côté, puis elle s'assoit et répand ses cheveux dans le contenant. C'est alors que j'entre en scène pour l'aider. Quand ma taille me le permettait encore, je m'asseyais sur la table, la bassine entre les cuisses. Maintenant, avec mon mètre quatre-vingts, je me plante debout tout contre son épaule. Et je frotte. Je frotte.

– Mais gratte plus fort, j'te dis ! Mets les ongles ! me répète-t-elle souvent.

Alors je m'exécute et j'appuie un peu plus fort. Elle aime que la mousse déborde de la bassine, c'est signe, pour elle, que les cheveux sont bien lavés. À chacun de mes gestes, je sens son corps se détendre un peu plus contre le mien. En me confiant ses cheveux, c'est comme si elle se livrait à moi tout entière et j'ai l'impression de la connaître un peu plus. Lorsque vient le moment du rinçage, je m'amuse à observer les volutes que dessinent ses cheveux dans le fond de la bassine. Une fois la serviette sur sa tête, je m'éclipse et elle reprend les choses en main : elle essore ses cheveux avec poigne avant d'en faire une grande tresse qu'elle noue ensuite en chignon. Même si j'ai dix sept ans et que je rechigne parfois lorsque Ma procède à l'installation, je ne manquerais ce moment privilégié pour rien au monde. Je n'en ai jamais parlé à mes potes, de peur qu'ils me prennent pour un abruti, un ringard qui lave les cheveux de sa vieille grand-mère. Ce qui est sûr, c'est que je refuse toute invitation les samedis matin.

Je crois savoir que Ma n'a jamais été douée avec la tendresse et n'a jamais câliné ses neuf enfants.

– J'avais autre chose à faire que de les prendre sur mes genoux !

Elle n'a jamais connu les caresses et les baisers d'une mère, la sienne étant morte lorsqu'elle avait trois ans. Alors l'instinct maternel, c'est bon pour les autres ! Ce qui m'amuse toujours un peu, et me navre aussi, c'est lorsque je lui demande la date de naissance de tel oncle ou de telle tante. Elle est obligée d'ouvrir son vieux placard en bois pour vérifier dans son livret de famille. Mais bon, son histoire m'attendrit et me fait excuser ses manières.

La respiration de ma sœur me berçait le soir quand j'avais du mal à trouver le sommeil. Je me calais sur le rythme de son souffle et laissais le flux et le reflux m'emporter vers un monde de songes qui se dépeuplait progressivement. Notre quotidien était assez morne et nos activités on ne peut plus réduites. Il fallait donc composer avec l'ennui, d'autant que notre imagination devenait stérile et nos rêves éteints. Cet enfermement nous abêtissait, si bien qu'il ne nous est jamais venu à l'idée d'établir un plan d'évasion pour nous sortir de cet enfer. En tout cas rien de bien efficace. Un après-midi, alors que notre mère était sortie, ma sœur avait tenté d'empiler quelques boîtes de jeux pour accéder à la poignée cassée de la fenêtre, mais, une fois en haut, elle avait eu beau enfoncer dans le trou du mécanisme un crayon de couleur et le tourner dans tous les sens, rien n'y avait fait.

Nous avions émis, un jour, l'hypothèse que l'un de nous pourrait détourner l'attention de notre mère, par exemple en se dévouant pour être le destinataire de ses coups, pendant que l'autre tenterait de s'enfuir, mais l'idée que l'un de nous deux dût rester seul dans cet enfer annihila nos désirs de fuite.

Et puis pour aller où ? Nous ne connaissions plus rien d'autre que ces quatre murs. J'essayais de me remémorer ce qui se trouvait à notre portée, juste derrière ces volets : la cour devant la maison, la rue du lotissement, ses arbres, ses réverbères, le visage de mes amis. Tout se troublait, s'affadissait.

Il nous arrivait d'inventer des activités pour nous occuper, tout en veillant à ce qu'elles soient les plus silencieuses possibles. Il faut dire que c'était presque une chance pour nous, si on peut l'exprimer ainsi, d'être enfermés dans notre propre chambre, puisque cela nous permettait de disposer de nos jouets et de nos livres à notre guise.

Je venais tout juste de découvrir les rudiments de la lecture au CP et je déchiffrais à peine les syllabes. Ma sœur se chargea de m'apprendre à lire. Du haut de ses neuf ans, elle ne connaissait pas les techniques conventionnelles d'apprentissage, ce qui ne l'empêchait pas de mettre tout son cœur à l'ouvrage. Cela devait lui donner l'impression de jouer à la maîtresse avec moi et je me prêtais volontiers à l'exercice avec application et docilité. La difficulté principale était de me faire énoncer les mots sans que notre mère pût nous entendre. Au début, donc, je lui chuchotais à l'oreille chaque mot que je venais de décrypter ; plus tard, après plusieurs mois de travail intensif, je lui murmurais directement des phrases entières. Notre support de départ privilégié était une version abrégée et simplifiée de l'*Odyssée* d'Homère, et je me souviens un jour d'avoir peiné à épeler le mot « cyclope », d'autant que je n'avais pas encore été initié, du moins je le crois, à tout le bestiaire des créatures légendaires et mythologiques. Ma sœur ne me ménageait pas, et il pouvait lui arriver, lorsque nous étions sûrs d'être seuls dans l'habitation, de durcir le ton à mon égard.

– Cy… Cy… Cyl…

– Recommence ! C'est pas ça !

– Cly…

– Recommence !

– Cy.. Cyc… Cycol…

– C'est pas ça ! Recommence !

– Cy… clo… pe.
– Allez, plus vite maintenant !
– Cycolpe…
– Non ! Recommence !

Et ça jusqu'à ce que je fusse capable d'énoncer le mot de manière fluide. Lorsque la présence de ma mère l'obligeait à renoncer à toute sévérité orale, elle remplaçait ses « recommence ! » par de petites tapes, totalement indolores, qu'elle me prodiguait sur la cuisse. Je progressais, même si les aventures d'Ulysse demeuraient pour moi un peu confuses. Je ne comprenais pas, par exemple, que « Personne » soit à l'origine du coup infligé au cyclope dans son unique œil. Je plaignais le pauvre cyclope et maudissais le Grec, ne voyant pas du tout l'ironique correspondance qu'on pouvait établir entre ma situation d'alors et l'enfermement d'Ulysse dans la caverne. Je saisis à présent toute la subtilité langagière d'Homère et la ruse que l'on prête à Ulysse.

Au bout d'un an, nous avions épuisé notre stock de livres, qui devait s'élever tout au plus à dix, et j'en connaissais par cœur la moindre ligne à force d'avoir lu et relu les histoires.

Notre occupation principale consistait à inventer une vie aux différents personnages qui partageaient notre condition : peluches, poupées et animaux de la ferme. Les scénarios finissaient par s'épuiser car nous devions nous contenter de « films » muets. Mes peluches allaient donc, dans le plus grand silence, se balader au pays des Barbies, les saluaient bien bas, en écrasaient une ou deux au passage, chevauchaient sur des montures dont elles faisaient trois fois la taille, et répétaient inlassablement les mêmes gestes. Nous étions parvenus à créer des jeux qui ne faisaient pas de bruit. Le plus silencieux d'entre eux consistait à séparer nos peluches en deux équipes de nombre égal, l'une menée par ma sœur, l'autre par moi. Nous disposions ensuite un oreiller sur un lit et nous nous placions à une distance raisonnable. La règle était simple : il suffisait de lancer ces doudous, un à un, sur l'oreiller, en faisant en sorte qu'ils y restent. L'équipe gagnante était celle qui parvenait à maintenir le plus de ses coéquipiers sur l'oreiller. Entre la plume et le coton, les différentes matières des objets utilisés pour cette animation étaient telles qu'on ne risquait pas d'être entendus par notre geôlière. Il fallait juste savoir accueillir sa victoire dans un enthousiasme étouffé.

J'ai beau repenser à ces moments avec une certaine tendresse et une gaieté toute relative, je ne peux oublier l'odeur pestilentielle dans laquelle nous évoluions. Mon nez et tout mon corps en gardent l'empreinte olfactive, si bien qu'aujourd'hui encore je ne supporte pas de passer aux toilettes derrière quelqu'un, ma grand-mère pour ne citer qu'elle, qui n'aurait pas tiré la chasse. Nous n'avions, en guise de pot de chambre, que cette modeste corbeille, et des feuilles de cahier de brouillon pour tout papier toilette. Notre mère consentait parfois à vider cette poubelle, sans doute davantage par incommodité personnelle que par pitié envers nous. Elle ne nous la rapportait pas nécessairement le jour même, et nous n'avions d'autre choix que de nous en accommoder.

Nous avions sous la main notre armoire pleine de vêtements, mais rien pour les laver. Ma sœur, dans sa préoccupation perpétuelle de notre bien-être, nous imposait de nous changer tous les jours, de manière à « faire tourner » nos habits, disait-elle. Cependant, tout finissait par être imprégné par cette odeur de pisse et de merde. Nous n'avions rien pour nous nettoyer. Amandine essayait de mettre de côté un peu d'eau que ma mère daignait nous apporter, afin que nous puissions l'utiliser pour faire un semblant de toilette. Mais nous étions bien souvent contraints de puiser dans cette réserve pour étancher notre soif. La toilette attendrait. Nous sentions l'urine, mais nous étions vivants.

Lorsque nous étions là-bas, nous n'avons jamais évoqué l'idée de la mort ou de la maladie. La notion de survie m'était inconnue ; peut-être ma sœur en avait-elle conscience... Je n'imaginais pas un instant que mon manque d'hygiène pouvait être à l'origine des fortes démangeaisons qui me ravageaient les bras et la raie des fesses. Je n'imaginais pas que mon corps et mes cheveux étaient infestés de poux. Je n'imaginais pas être en état de sous-nutrition. Ma conscience se limitait à l'enfermement, au silence et à l'obscurité.

Un après-midi d'été, alors que les rayons du soleil cognaient davantage sur les volets de la chambre et rendaient l'atmosphère de notre cellule plus lourde encore que d'habitude, nous étions, ma sœur et moi, affalés sur nos lits, assommés par la chaleur. Nous percevions, au loin, des sons indistincts. Notre mère était là, dans le salon. Sans deviner précisément ses activités, nous avions appris à l'entendre, à la sentir. Et voilà que tout d'un coup elle se mit à monter le son de la radio au maximum. Une chanson – je sus plus tard que c'était *Je te survivrai* de Jean-Pierre François – s'éleva à l'autre bout de la maison. Ma mère devait être en train de danser. Le rythme entraînant de la musique me tira du lit et, debout sur mes jambes fluettes, je commençai à remuer mon corps, sans but, sans savoir ce que je faisais. Ma sœur se joignit alors à moi et, comme en transe, nous nous lançâmes dans une danse frénétique. Notre jubilation et nos rires retenus étaient couverts par la musique. Nous pouvions nous laisser aller pendant ces quelques minutes : mes bras s'allongeaient dans tous les sens, s'entrechoquant avec ceux de ma sœur, ma tête tournait, mon corps tout entier exultait. J'imaginais notre mère, à quelques cloisons de nous, dans la même extase, virevoltant au milieu de la pièce, avec une grâce et une beauté que nous n'aurions pu égaler. Je la voyais, en robe à fleurs, tournoyer dans les airs, les cheveux détachés, le visage fendu par un sourire émerveillé. Je me figurais ses grandes mains caressant le vide autour d'elle. Le son se coupa net à la fin de la chanson, brisant ainsi notre élan. Le silence emplit à nouveau l'espace tandis que la musique imprégnait encore ses notes dans nos têtes. Nous nous précipitâmes sur nos lits, coupables, angoissés à l'idée d'avoir été entendus, mais exténués et emplis d'un ravissement dont nous avions perdu le goût. Je me souviens très bien de cette journée, car elle a été marquée par ce grand moment de joie mais aussi par un épisode plus poignant.

Cette nuit-là, alors que je dormais d'un sommeil sans rêve, je fus réveillé par des sanglots étouffés qui venaient du lit de ma sœur.

– Amandine ? chuchotai-je. Amandine ?

Craignant d'attirer l'attention de ma mère en haussant davantage la voix, je me décidai à m'approcher de ma sœur. Je l'aperçus, dans un rayon de lune, en pleurs, recroquevillée, les bras autour des genoux.

– Qu'est-ce qui t'arrive ? lui murmurai-je avec précaution à l'oreille.

– Je t'ai réveillé ? articula-t-elle entre deux sanglots.

Je fis non de la tête, même si la pénombre rendait mon geste indistinct.

– Je suis désolée… Je suis désolée, se contentait-elle de répéter. Je voulais pas te réveiller.

– C'est pas grave, mais fais moins de bruit, tu vas la réveiller aussi.

– J'suis désolée…

Sans comprendre le motif de son chagrin, j'eus le réflexe de la prendre dans mes bras pour tenter de la consoler, et constatai alors qu'elle avait le dos trempé. Elle avait fait pipi au lit. Ma sœur, jusque-là si forte et si protectrice avec moi, avait baissé les armes et avait été trahie par son corps. La sentir ainsi en position de faiblesse eut sur moi un effet que j'ai du mal à expliquer. Je pris l'initiative de lui apporter d'autres vêtements afin qu'elle puisse se changer et, avec la plus grande délicatesse, l'aidai à se débarrasser de ses habits souillés. J'ignorais qu'il était encore possible de faire pipi au lit à presque dix ans, et je ne voulais pas l'embarrasser avec mes questions, de peur qu'elle ne se sente jugée. Je la pris par le bras pour l'inviter à partager mon lit pour le reste de la nuit. Malgré la chaleur, sa présence à mes côtés me procura un sentiment de sécurité bienvenu.

Au petit matin, à mon réveil, elle était déjà retournée dans son lit et nous ne reparlâmes plus de cet événement.

Plus que le silence encore, je crois que l'obscurité a été la chose la plus difficile à supporter. Étant donné que les volets de notre chambre étaient constamment fermés, nous devions nous contenter de la lumière artificielle de nos lampes. Elles nous étaient indispensables pour jouer et surtout pour lire. Elles étaient donc allumées la plupart du temps. À deux reprises notre mère, peut-être soucieuse que cette lumière ne trahisse notre présence, après avoir entrouvert la porte, faufila sa main pour basculer l'interrupteur. Aucun mot. Le geste seulement. Nous avions compris. Nous évitâmes d'allumer pendant quelques jours, et nous nous contentâmes de la luminosité de la lampe de chevet, sur laquelle nous avions jeté une taie d'oreiller afin d'en atténuer la lueur. Il fallait toutefois veiller à l'éteindre régulièrement quelques minutes afin d'empêcher que le tissu prenne feu. Dès que ça commençait à sentir la poussière cramée, c'était le signal.

Notre mère dut repérer notre subterfuge et, un beau jour, alors que je lisais tout seul et que ma sœur était occupée à autre chose, la lumière se coupa d'un seul coup. Je tentai d'allumer le plafonnier avec l'interrupteur pour vérifier si cela venait uniquement de notre lampe de chevet, mais non, plus rien ne fonctionnait. Elle avait décidé de nous couper le courant. Gonflés de dépit et d'impuissance, nous n'avions d'autre choix que d'accepter. Nous devions donc composer avec la lumière du soleil qui, selon le jour et la saison, insinuait avec une intensité variable ses rayons à travers les lattes des volets. Même si nos yeux s'habituaient à la pénombre, l'obscurité fut pour moi plus dure à accepter que le silence. Ne pas parler, c'était une chose, nous pouvions encore communiquer avec les gestes. Mais que faire lorsqu'il nous était presque impossible de nous voir ? Pour la première fois, je me sentis esseulé dans cette épreuve, alors même que ma sœur se trouvait à mes côtés. Ce soir-là, je me souviens d'avoir pleuré en silence dans mes draps trop sales.

Un jour nous eûmes la chance, de très courte durée, de dénicher une lampe de poche en fouillant dans le tiroir de mon chevet. Par bonheur, la pile marchait encore ! Nous étions sauvés, je pouvais à nouveau revoir avec netteté les traits du visage d'Amandine, redécouvrir son regard mutin, et lui montrer ce qui m'inquiétait, à savoir le fait qu'une de mes dents bougeait. Nous chérissions cette lampe et sa pile comme des objets précieux qu'il fallait économiser. Ne pas la faire tomber. Ne pas s'en servir inutilement. Enlever la pile à chaque fois parce que ma sœur croyait qu'elle allait se décharger davantage. C'était un don du ciel ! Ce trésor, cependant, fut à l'origine de ce qui fit basculer notre enfermement vers un supplice plus pénible encore.

Un soir, que ni moi ni les enquêteurs n'avons réussi à dater précisément, nous étions ma sœur et moi à notre exercice de lecture ; je tenais le livre sur mes genoux tandis qu'Amandine éclairait la page avec notre lampe torche. Sans que nous ayons eu le temps de la voir venir, notre mère, qui avait, je l'imagine, dû apercevoir le faisceau de la lumière sous notre porte, fit irruption dans la chambre en fulminant. Elle attrapa ma sœur par le bras et la traîna hors de la pièce. Amandine hurlait. Pour la faire taire, ma mère, d'un geste violent, pressa sa main sur la bouche de ma sœur avant de refermer avec fracas la porte derrière elle. Mes larmes montèrent. Aucun son ne parvenait à sortir de moi. J'étais terrassé, je me retrouvais seul au milieu de cette pièce, privé de mon unique appui. La stupéfaction n'eut pas le temps de s'installer en moi. Quelques secondes après, je fus à mon tour extirpé de ma cellule par la poigne de ma mère. Peut-être allais-je enfin revoir la lumière du jour ? Était-ce la fin, un peu brutale certes, de notre calvaire ? Allions-nous retrouver notre vie d'avant ? C'était la première fois que nous sortions de notre chambre depuis longtemps. Mes interrogations se dissipèrent quand ma mère me jeta dans le placard situé au fond de la buanderie. Le temps d'un éclair, j'aperçus le visage de ma sœur avant que l'obscurité ne se refermât à nouveau sur nous.

Nous étions toujours enfermés… Mais le décor de notre séquestration avait drastiquement changé. Plus de fenêtre. Plus de lampe. Plus de lit. Plus de livre. Plus de jouet. Plus de vêtement. Plus de corbeille. Deux mètres carrés environ pour tout espace de vie. Juste de quoi se tenir debout et faire un grand pas. À tâtons nous découvrîmes trois rayons en bois investis par quelques flacons de produits ménagers, un balai, une boîte en carton pleine de tubes de cirage, un vieux paquet de confettis, un sachet de pinces à linge neuves. L'inventaire fut vite fait. La lumière du jour devrait nous attendre encore... Nous étions ensemble... C'était le principal !

Nos journées et nos nuits devinrent plus longues. Il nous était d'ailleurs impossible de les distinguer, nous n'avions plus aucun accès au monde extérieur. Plus de repère chronologique. Nous restions souvent dans un état de léthargie avancée, engourdis par l'atmosphère étouffante de la pièce et rendus empotés par des muscles trop faibles. Avec le sol nu pour seul matelas, il était difficile de réussir à dormir. J'avais l'impression que mon corps entier était couvert de bleus, et, ma maigreur aidant, le contact de ma colonne vertébrale contre le carrelage m'était douloureux. Nous alternions entre position assise et position couchée, trouvant quelquefois un regain d'énergie pour nous mettre debout et dégourdir nos membres. Le vieux paquet de confettis qui traînait dans ce réduit nous servait d'oreiller de fortune et nous nous le prêtions tour à tour. Ma sœur, dans sa gentillesse et sa mission protectrice à mon égard, me le laissait parfois deux fois de suite. J'oscillais le plus souvent entre veille et sommeil, et, impotents, assommés tantôt par la fatigue, tantôt par la faim, par la chaleur ou le froid, nous étions rarement capables de trouver une quelconque activité pour nous occuper.

Un seul jeu me maintenait dans un état de parfaite conscience, on l'appelait le « tableau invisible » : je m'asseyais entre les jambes d'Amandine, et elle commençait à dessiner dans mon dos des lettres que je devais déchiffrer, lettres qui formaient des mots, qui à leur tour devenaient des phrases. Nous communiquions ainsi, l'un après l'autre, des heures durant, inventant des histoires, répondant à nos interrogations respectives.

– Tu aimerais manger quoi ? m'écrivit un jour ma sœur.

Aucune idée. À cette simple question, je n'avais pas de réponse à donner. Je ne savais plus quelles étaient mes envies. Non seulement je n'arrivais plus à rêver, pour ainsi dire, mais j'avais oublié tous les plats qui pouvaient exister. J'avais désappris leur image, leurs odeurs, leurs saveurs. Raclette, couscous, choucroute, ces mets que j'avais auparavant goûtés n'avaient plus de consistance pour moi, ils n'étaient que des mots dont je ne palpais plus le sens. Peu inspiré, je dessinai alors les lettres suivantes :

– Des frites.

Je ne savais plus le goût que cela pouvait avoir, mais il me semblait que j'aimais ça… avant.

Dans ce ciel sombre que représentait notre épreuve, il nous arrivait d'apercevoir des éclaircies. Quelquefois, notre mère, par inadvertance sans doute – j'ai du mal à imaginer que l'inverse puisse être possible – oubliait d'éteindre la lumière de la buanderie. Alors, en dessous de la porte et à travers la serrure, cette clarté qui fendait notre obscurité nous réjouissait telle de la poussière d'étoile. Allongé, le bras en l'air, je faisais virevolter lentement ma main dans le vide au-dessus de moi, caressant la lumière, l'enroulant entre mes doigts comme un ruban de fil doré, créant ainsi sur les murs de notre prison une valse d'ombres chinoises informes. Pendant des heures, je pouvais m'abandonner dans cette chorégraphie, dans ce corps à corps avec les particules de lumière qui gravitaient telles des myriades de vers luisants autour de moi. Ma sœur, quant à elle, emprisonnait le jour dans ses mains et le laissait s'échapper par un trou de souris qu'elle s'amusait à réduire et à agrandir. Ce ballet atténuait la rigueur de l'épreuve que nous traversions, nous redonnant un peu d'énergie nécessaire à notre survie. Ces instants étaient trop rares.

Un jour, à mon réveil ou au sortir d'une sieste, je constatai que la porte du placard et celle de la buanderie étaient grandes ouvertes. J'étais seul. Pas une trace de ma sœur. J'hésitais à franchir ce seuil si symbolique. Mes pas me portèrent en silence jusque dans le couloir. J'avançais sur la pointe des pieds. Tout l'intérieur de la maison était baigné d'une lumière que le carrelage reflétait. Notre chambre, dont les volets étaient eux aussi ouverts, étaient dans un état de propreté extrême, les lits faits au carré, les peluches disposées dessus, tout était parfaitement rangé. Je redécouvrais chaque pièce comme si je la voyais pour la première fois. Le salon ressemblait à ceux que l'on observe dans les catalogues d'ameublement, avec les coussins du canapé en harmonie avec la couleur du lustre, les bougies qui sont là juste pour la déco, les photos de famille sur le buffet. Un foyer chaleureux pour une famille idéale. Et pourtant, le petit garçon en photo dans ce cadre, au milieu de deux adultes qui sourient, n'avait pas mes traits, n'avait pas mes cheveux, pas mes yeux. Ce n'était pas moi. Je n'étais pas là-bas. J'étais toujours enfermé dans ma prison, perdu un peu plus entre songe et réalité.

Je pense qu'à ce moment-là j'avais encore en moi l'espoir que tout cela cesse, que ma mère arrive un jour pour nous libérer – je me rendrais alors compte que la personne qui nous avait infligé cela n'était pas vraiment elle –, que tout rentrerait dans l'ordre et que nous pourrions reprendre notre vie d'avant.

Ma a très vite compris en m'observant, sans que je ne lui aie jamais rien dit à ce sujet, que je n'étais pas à l'aise avec les réunions familiales, et elle a pris le pli de m'épargner ces occasions au maximum.

Dès le premier Noël, quelques semaines à peine après mon arrivée chez elle, nous nous sommes tous retrouvés pour fêter ensemble le réveillon. Compte tenu de notre nombre, une quarantaine de convives, une des salles polyvalentes de la ville avait été louée. Je me souviens de m'être senti désorienté au milieu de cette foule de gens qui m'étaient inconnus pour la plupart. Je me rappellerai toujours cette phrase prononcée par l'un de mes cousins, guère plus âgé que moi, alors que j'essayais difficilement de me mêler à eux :

– Alors ? Il paraît que ton père s'est barré et que ta mère est complètement barrée ?

Je m'étonne aujourd'hui de l'à-propos de son trait d'esprit et je mets sur le compte de la bêtise enfantine sa méchanceté gratuite. Je me contentai de lui sourire naïvement. Que pouvais-je répondre ? Que mon père allait revenir ? Que c'était dans un élan d'amour passionnel que ma mère avait décidé de nous couper du monde et de nous garder rien que pour elle ? Que jamais l'amour de ses parents ne pourrait être aussi fort ? Rien de cela n'aurait été crédible. Par chance, d'autres cousins, peut-être avertis par leurs parents, m'avaient accueilli avec bienveillance et gentillesse.

Face à ces structures familiales que je qualifierais de « plutôt stables », j'avais la fâcheuse tendance à devenir maussade. Je préférais avoir Ma pour moi tout seul, et elle s'en aperçut rapidement. Je ne vis donc mes cousins et cousines qu'en de rares occasions, pour Noël surtout. Jamais Ma ne les prenait en vacances chez elle. Elle déclinait les invitations familiales ou, pour ne pas se brouiller avec ses enfants, s'y rendait seule, me laissant à la maison sous la surveillance de notre voisine Mme Latrace, jusqu'à mes douze ans. Mes oncles et tantes passent souvent chez Ma. En coup de vent. Je supporte mieux ces courts passages, surtout parce que mes cousins ne sont pas là. Je crois qu'ils n'apprécient pas vraiment Ma, et ça m'arrange bien. Moi je l'adore !

– Ta mère, c’était qu’une belle salope !

Ma parle peu, mais elle a le chic pour bien choisir ses mots. J’étais en troisième le jour où elle m’a balancé ça, alors que nous étions tous les deux assis à notre poste habituel, autour de la table de la cuisine. Devant mon silence, elle replongea la tête dans ses mots croisés avant de poursuivre :

– Tu sais, j’dis pas ça pour que tu la détestes ! Je m’en fous pas mal moi, tu fais bien ce que tu veux. C’est juste pour que tu le saches !

Pour la première fois, Ma se lança dans un long monologue. Je ne l’avais jamais entendue parler autant. Il m’est apparu plus tard qu’elle n’était pas totalement objective, mais ce qu’elle me révéla ce jour-là apporta un éclairage nouveau sur mon histoire.

– Elle a jamais été comme les autres, ta mère. Comme ses frères et sœurs. Je sais très bien que je les ai peut-être pas aimés comme il fallait, mais bon c'était une autre époque aussi… Moi je voulais pas autant de gamins. Trois, quatre, ça m'aurait suffi. Alors neuf, t'imagines même pas ! Au moins, ce qui m'a soulagée avec la naissance de ta mère, c'est que le médecin, sans me demander, m'a ligaturé les trompes, du coup j'savais que j'étais débarrassée. Ç'en était fini pour de bon. C'est ton grand-père qui insistait toujours pour qu'on le fasse ! On peut dire qu'il se la mettait pas souvent derrière l'oreille. Et moi, en attendant, entre mes jambes c'était Oradour-sur-Glane, si tu vois ce que je veux dire.

Je voyais très bien ce qu'elle voulait dire, et tant de précision dans la confidence me gênait.

– C'est vrai qu'ils se sont un peu élevés tout seuls. Et Marilyne, j'sais pas si c'est parce que c'était la dernière, mais elle s'est jamais bien entendue avec les autres, fallait toujours qu'elle fasse son intéressante. Faut dire qu'elle était belle, c'était une sacrée pépée ta mère ! Avec des yeux ! Des yeux tellement bleus que le ciel en était jaloux ! Et puis la taille fine ! Parce que attention, madame ne bouffait pas n'importe quoi ! Toujours à faire des régimes pour ressembler aux bonnes femmes de ses magazines. C'est peut-être ça qui a fini par lui taper sur le système. Un jour, je me souviendrai toujours, elle s'est levée le matin, elle voyait déjà ton père depuis un petit moment, et là elle me dit : « Maman, faut que je te raconte un truc, le papa il m'a tripoté plusieurs fois ! » Pardon, que j'dis ! Je comprenais pas ce qu'elle était en train de me raconter, alors je lui ai demandé de répéter. Et là, elle m'a dit comme quoi que son père l'avait touchée plusieurs fois. Tu comprends ? Qu'il lui avait fait des choses…

Je comprenais.

– Et t'as réagi comment, Ma ? osai-je l'interroger.

– Ben je lui ai dit de la fermer et que si c'était pour raconter des conneries comme ça, elle pouvait aller se recoucher ! Tu vois, il fallait toujours qu'elle fasse son intéressante à débagouler n'importe quoi ! Et le truc, c'est qu'elle m'a refait le coup peu de temps après la mort de ton grand-père. Tu sais comment il est mort, ton grand-père ?

– Vaguement. Accident, non ?

– En fait un mois après le mariage de tes parents, on était invités à aller manger chez les beaux-parents de ta mère. C'était le jour de la Pentecôte. On avait pris la même voiture tous les quatre, ton père nous conduisait. Et sur la route, y a une connasse qui nous est rentrée dedans. En pleine face. J'entends encore le bruit de tôle froissée dans mes oreilles. Les pompiers sont venus, mais ils ont pas réussi à ranimer ton grand-père. Moi j'étais bien talée, j'ai fait une bonne semaine d'hôpital. Ton père a été blessé un peu à la jambe et ta mère a rien eu du tout. Et voilà pas que deux ou trois mois après l'enterrement, elle me ressort le même truc, que ton père est au courant depuis le début et que c'est lui qui la pousse à parler. Alors là je lui ai bien fait comprendre que c'était une jolie pute, qu'elle avait aucune honte de salir la mémoire de son père comme ça, que j'voulais plus la revoir, et que de toute façon, s'il m'arrivait quoi que ce soit, elle avait pas intérêt à ramener son cul derrière mon cercueil. Après ça, je l'ai plus revue. Je l'ai croisée deux fois au Leclerc ensuite, mais à chaque fois elle a baissé la tête, et heureusement parce que je crois que sinon j'aurais été capable de lui mettre ma main sur la gueule.

Ma avait craché sans s'arrêter tout ce qu'elle avait sur le cœur dans un ouragan d'épanchement. Chacun de ses gestes reprit sa place et ses lèvres se soudèrent à nouveau. Le silence emplit le vide de la grande cuisine.

– Et tu crois pas que ça pouvait être vrai ?

Elle lâcha un souffle d'exaspération.

– J'y crois pas. Je peux pas y croire.

Les mots se mirent à se bousculer dans sa gorge serrée. L'agitation la reprit et, d'une voix chevrotante, elle ajouta :

– Et ben… si c'est vrai… y avait d'autres manières de l'annoncer.

Trois mots me brulèrent les lèvres « Quelles manières, Ma ? ». Je me tus.

C'est peu de temps après la confession de ma grand-mère que je me suis mis à étudier les notes d'audience du procès de ma mère. Au début, Ma ne voyait pas l'intérêt de remuer ça, mais après une seconde imploration de ma part, elle avait fini par accepter d'en faire la demande auprès de son avocat.

– Après tout, si c'est ce que tu veux…

Le deal était le suivant : le dossier était sur le buffet du salon, je n'avais le droit de le prendre qu'une fois mes devoirs finis. Et comme à la fin du collège, ça commençait à rouler pour moi, scolairement parlant, je passais de longues soirées à éplucher tous les documents en détail.

Dans l'un de ces papiers, ma mère explique que la rencontre avec mon père a été salvatrice pour elle parce qu'elle lui a permis de se détacher de l'emprise psychologique que son propre père avait sur elle. Mon père, tel un prince charmant, était venu la délivrer et l'avait sortie de son donjon. Elle lui avait tout raconté, avait déposé sur ses épaules le poids de l'aveu pour s'en soulager un peu, et il avait accepté ce rôle. Il l'avait écoutée, l'avait soutenue, l'avait encouragée à en parler. Elle s'était brouillée avec sa famille. Ce n'était pas grave, elle en avait une autre. La sienne. Tout ça pour que, au final, il la laisse tomber pour une autre, avec deux gosses à élever seule.

J'avais envie de prendre dans mes bras cette mère-là, de lui caresser les cheveux, de lui dire que moi aussi je la croyais à propos de ce qu'elle avait subi, que tout se passerait bien, qu'il suffisait d'en avoir l'intime conviction, qu'on serait heureux tous les trois, qu'on avait besoin de personne d'autre et que c'était pas grave si papa ne voulait plus de nous. Cette mère-là seulement. Pas celle qui nous a affamés, qui nous a frappés, qui nous a rendu pareils à de petits animaux sauvages, qui a tenté d'escamoter notre existence. Pas celle-là.

Mon corps, mais aussi celui des autres, est un labyrinthe sinueux que je continue d'explorer. J'ai eu beaucoup de mal à saisir sa complexité. Je l'apprivoise doucement.

Durant notre enfermement, je restais interrogatif devant les transformations physiques du corps de ma sœur. Elles étaient certes ténues, toutefois, lors de nos embrassades convulsives que le besoin de réconfort déclenchait chez nous, je parvenais à percevoir que ses seins gonflaient. Elle n'avait plus le torse plat qui indifférencie garçons et filles, et les deux petites pommes qui naissaient sous son tee-shirt éloignaient Amandine un peu plus de moi, au sens propre comme au figuré. Mon embarras m'interdisait de lui poser des questions. Ma sœur changeait, grandissait, devenait une femme. Serait-elle à l'image de ma mère ?

J'aurais voulu la garder, rien que pour moi, petite fille pour l'éternité. D'autant que, de mon côté, mon corps semblait figé dans un état d'atrophie générale. Je me sentais à l'étroit entre ces quatre murs, à l'étroit dans cette peau, qui me brûlait et me démangeait de façon récurrente. L'une des rares sensations agréables que me procurait cette enveloppe physique apparaissait lorsqu'une vague de chaleur inondait mon bas-ventre et durcissait mon sexe. Je ne savais pas ce qui se passait en moi : la première fois, l'instant d'une seconde, je crus avoir envie de faire pipi ou être malade. Peut-être consultai-je ma sœur, mais il me semble plutôt que je gardai ces préoccupations pour moi. Je sais que je suis encore bien jeune et que je ne comprends pas tout à la psychologie enfantine, mais je ne vois pas ce qui pouvait être une source d'excitation dans cette séquestration. À moins que ça ne fût que mécanique.

Quoi qu'il en soit, mon corps paraissait surtout avoir été mis en mode « économie d'énergie ». D'ailleurs, à mon grand désespoir, jusqu'à mes quinze ans, il resta petit, maigre, dépourvu des muscles que j'enviais tant à mes camarades. Ma mère avait tellement désiré nous faire disparaître que mon corps donnait l'impression de vouloir se faire oublier. Ou bien était-ce mon désir profond de passer inaperçu qui faisait obstacle à ma croissance ? Constatant mon désarroi, Ma m'avait emmené chez le médecin pour en parler.

– Il grandit pas, c'est normal ?

Selon lui mon corps avait été malmené, bridé, et prenait son temps pour revenir à un fonctionnement physiologique normal, il fallait attendre et voir ce qui se passait. Et puis des gens petits, il y en avait à chaque coin de rue ! Il se contenta donc de me donner des vitamines, ça ferait l'affaire.

Ce corps que ma mère avait tout fait pour cacher, je voulais à mon tour le dissimuler aux yeux des autres. Je portais des vêtements larges pour tenter de souligner une inexistante carrure et planquais les cartes à jouer de ma grand-mère dans mes baskets afin de paraître plus grand.

Il me fallut aussi rattraper les lacunes occasionnées par ma non-scolarisation. Je me sentais toujours amoindri par rapport à mes camarades, en manque de méthode, en manque de connaissances, en manque d'une famille normale. Mon année de sixième fut une épreuve de ce point de vue, mais à force de travail, je parvins progressivement à égaler le niveau des autres, et même, et je le dis en toute modestie, à le surpasser. Mon cerveau réussissait là où mon corps échouait.

Si je dois reconnaître que plus les années passaient mieux je me sentais, je ne parviens pas à expliquer la sortie de route que j'ai faite quelques mois avant de quitter le collège. Je me souviens qu'un samedi soir d'hiver, ce devait être en février, Ma avait eu la bonne idée de nous acheter de quoi faire une raclette. Comme j'adore ça, je m'étais gavé jusqu'à ne plus rien pouvoir avaler. Comme pour me punir de ma gloutonnerie, l'écœurement se substitua au plaisir. Impossible de dormir. Je tournais dans mon lit, nauséeux et transpirant. Le gras du fromage et de la charcuterie suintait par tous mes pores. Au beau milieu de mon insomnie, je me décidai à descendre les escaliers pour me rendre aux toilettes. Je me retrouvai là à attendre, debout devant la cuvette. Le regard embué par la fatigue, je regardai l'eau dans le fond qui semblait m'appeler. En me rapprochant un peu plus du sol, je sentis ma langue devenir pâteuse, au contact d'un afflux soudain de salive. Les spasmes qui traversèrent alors mon abdomen m'aidèrent à expulser ce trop-plein de nourriture. Je n'eus besoin que de trois longues salves pour vomir tout ce que j'avais ingurgité ce soir-là. Je retournai me coucher, soulagé.

Je ne sais ce qui se passa alors dans mon corps et dans ma tête, mais dans les semaines qui suivirent, je reproduisis à plusieurs occasions plus ou moins le même procédé. Il me suffisait d'approcher un doigt vers le fond de ma gorge pour déclencher mes vomissements. J'opérais toujours le soir, après le dîner, une fois que Ma était couchée et que je ne risquais pas de la réveiller. Dès que j'avais la sensation d'avoir trop mangé et que je n'allais pas trouver le sommeil, je me déchargeais ainsi. J'avais conscience que ce n'était pas vraiment normal, mais c'était plus fort que moi. J'ignore si dans ces gestes je cherchais, par la punition de mon corps, à reproduire ceux de ma mère. En me privant de nourriture, je me faisais disparaître. Peut-être était-ce aussi le seul moyen que j'avais trouvé de me délester symboliquement d'un poids ? Me faire vomir apparaissait ainsi comme la condition nécessaire à mon repos. Peut-être enfin peut-on voir dans ces accès de boulimie une manière pour moi d'éprouver mon corps, de sentir qu'il m'appartenait et que je pouvais en faire ce que je voulais. L'affirmation de moi passait par ce contrôle que je parvenais à exercer sur lui. Quelles que fussent les raisons qui occasionnèrent ce trouble, mes envies de vomissement disparurent d'un coup à l'approche du brevet. Maintenant que j'y repense, la fin de cette « pratique » correspond au moment où j'ai commencé à éplucher le dossier du procès…

Le passage au lycée fut une renaissance. Mon bahut étant beaucoup plus loin de la maison, les gens ne connaissaient pas mon histoire. Je me sentais libéré d'un poids. Les faits divers ont cela de bien qu'ils ne franchissent pas souvent les limites d'une ville. Ils demeurent quelques lignes d'un article dans un journal régional et finissent par s'estomper pour rejoindre les abysses de la mémoire. J'étais devenu un élève lambda, perdu dans la masse, et cela me convenait de ne plus être celui qu'on pointe du doigt, celui que l'on plaint, celui dont on parle en cachette. Pour mes camarades, je vivais avec ma grand-mère et c'était tout, ils n'avaient pas besoin d'en savoir plus. Quand leur curiosité les poussait à m'interroger sur cette situation qui leur paraissait inhabituelle, un simple « c'est compliqué » permettait d'éluder la question.

Le trajet en bus qui séparait mon lycée de la maison était à l'image d'un sas de décompression : je profitais de cette trentaine de minutes pour me débarrasser des lambeaux des drames de mon enfance. Chaque arbre qui défilait à travers les fenêtres, chaque champ, chaque maison, chaque route traversée me lavaient un peu plus, et tous les jours c'était un garçon aussi rutilant qu'une voiture lustrée à la peau de chamois qui franchissait les portes de l'établissement. Inversement, dans le bus du retour, le fardeau du souvenir se redéposait sur mes épaules au fil des kilomètres.

L'entrée en seconde eut sur moi l'effet du soleil de printemps réchauffant la terre refroidie par les trois longs mois d'hiver : mon corps fut pris, comme par enchantement, d'une subite poussée de croissance. Pour ma plus grande joie, tous mes membres se mirent à grandir. La honte ne m'accompagnait plus dans les vestiaires du cours de sport, je n'observais plus le corps de mes camarades garçons avec l'envie d'autrefois. Je rivalisais à présent avec eux et j'étais fier de pouvoir concourir aux compétitions d'« hélicoptère » que nous organisions à l'improviste, au sortir des douches, nus sur les bancs à exhiber notre virilité qui s'affirmait. J'oubliais celui que j'avais été. Je changeais de peau : même les lésions dues aux poux, qui parcouraient mon corps comme autant de stigmates de mon enfermement, avaient quasiment disparu, et seul mon œil averti parvenait encore à en déceler les anciennes traces.

J'avais enfin des amis, et Ma avait accueilli ce changement avec euphorie et appréhension.

– Faudra que je te laisse aller les voir ? Mais comment on va faire ? Ils sont pas à côté ! Je vais devoir les recevoir ?

Autant de questions auxquelles je n'avais pas de réponse. Ses enfants n'avaient-ils jamais eu d'amis ? On aurait dit qu'elle découvrait cela. De mon côté, j'apprenais aussi ce qu'était l'amitié et ce qu'elle impliquait. Léo, mon nouveau et premier meilleur pote, m'invita chez lui. Au début, Ma n'était pas très chaude à l'idée de me laisser dormir ailleurs que chez elle, d'autant qu'elle n'avait pas le permis. Devant la gentillesse des parents de Léo qui proposaient de venir me chercher et de me ramener à la fin du week-end, elle finit par céder. Ces petits séjours avec Léo furent ensuite monnaie courante. On passait des journées et des soirées à jouer à sa toute nouvelle console, la Nintendo 64, à bosser aussi, à discuter de tout et de rien. En sa compagnie, je continuais à explorer ce corps naissant. Certaines conclusions s'imposèrent assez vite : l'alcool et les joints, c'était pas pour nous ! Les quelques fois où nous avions essayé furent désastreuses. À l'évidence mon corps ne supportait pas ce genre de substances. Comme il en allait de même pour Léo, nous ne persistâmes pas dans cette voie. Les jeux vidéo nous donnait une ample satisfaction. Les branlettes nocturnes également. D'ailleurs, elles devinrent très vite diurnes aussi. Toutes les occasions se montraient propices à nos séances de masturbation. Je ressentais comme une fraternité indéfectible dans nos élans physiques. Chacun s'occupait de son propre instrument, et la complicité qui nous liait dans ces moments-là avait un goût particulier : on se comparait, on se défiait, on se marrait, pour finalement lâcher prise. Léo me faisait découvrir ses techniques, et moi les miennes. Nous apprenions l'un de l'autre dans cette découverte corporelle. Léo avait le physique d'un sportif de longue date, et même si le mien ne l'égalait pas, je me défendais aussi. J'avoue m'être demandé à certaines reprises si je n'étais pas homosexuel, si ce n'était pas faire des trucs d'homo que d'agir ainsi entre potes, notamment lorsque nous nous branlions en même temps, mes jambes imbriquées en ciseaux dans les siennes. Léo me rassurait : il était assez détendu sur le sujet, il s'en foutait un peu, on se marrait bien et c'était le principal.

À la fin de la seconde, Virginie vint dissiper mes doutes. Ah, Virginie ! Mon corps se réveille encore aujourd'hui à la seule évocation de son prénom. Virginie a fait irruption dans notre lycée et dans ma vie dans le courant du troisième trimestre. Je n'oublierai jamais son arrivée dans le cours de Mme Joulain, ma prof de maths : le surveillant est entré dans la salle puis il a fait signe à une jeune fille de le suivre. C'était la belle, la magnifique, l'envoûtante Virginie. Son sourire assuré a d'abord percé mon cœur, puis ce fut au tour de ses yeux, de ses longs cheveux bruns, et lorsque mon regard s'arrêta sur ses seins parfaitement moulés dans son débardeur noir, mon caleçon devint trop étroit. Léo me confessa plus tard qu'il s'était lui aussi liquéfié à la vue de Virginie.

Elle s'intégra très vite à notre bande. Plusieurs mecs de la classe voulaient sortir avec elle, mais c'est finalement sur moi qu'elle jeta son dévolu. C'est ainsi que je finis par me retrouver, un mercredi après-midi de juin, à poil dans le lit de Léo – il m'avait prêté sa chambre, c'est là qu'on reconnaît les vrais amis – avec la fameuse Virginie. Ce qu'elle me fit alors m'assura de mon goût pour les filles. Je crois avoir été assez pitoyable pour cette première fois, mais j'eus l'occasion de me rattraper les suivantes. Je vivais ma première romance avec frénésie, trouvant n'importe quel prétexte pour pouvoir passer du temps avec elle, ce qui n'est pas commode lorsque quarante kilomètres vous séparent. S'il m'arrivait encore de m'adonner avec Léo, avec grand plaisir, à nos séances de paluchage fraternel, je dois dire que ce qui se passait entre Virginie et moi était indescriptible. J'adorais être avec elle. Pour nous envoyer en l'air certes, mais pas seulement. Sa présence me rendait heureux. Elle fut la seule à laquelle j'ai osé parler, de manière très évasive, de mon enfance. Même Léo n'en sait rien.

Ensemble nous découvrîmes les multiples potentiels que nos corps avaient à nous offrir à travers ce que l'on nomme le plaisir. Chaque fois que je la pénétrais, j'avais la sensation d'être en pleine communion spirituelle avec les astres, comme aspiré dans un gouffre sombre ; j'étais dans cet intérieur féminin qui me terrorisait et me fascinait, et je m'y sentais bien. Je dois reconnaître, avec le léger recul que j'ai aujourd'hui, que j'étais surtout mû par la révélation de mon plaisir personnel, et je ne saurais dire si Virginie y trouvait son compte. Je ne veux donner là de leçon à personne. Je sais à présent l'importance de ne pas négliger le plaisir féminin et j'essaie de m'améliorer. Nul n'est parfait. Surtout pas moi. J'ai fait l'année dernière, à mes dépens, la fâcheuse constatation que l'on peut être terriblement amoureux d'une personne et avoir de l'attirance pour une autre.

J'aimais Virginie. D'une passion dévorante. Il me semble que c'est cela aimer. Et pourtant je n'ai eu aucun mal, à la soirée d'anniversaire d'un pote, à bander pour Clara, et à me retrouver le froc sur les cuisses, sur la terrasse, chevauché par elle. Je n'ai pas l'excuse de l'ivresse, si ce n'est celle du plaisir. J'ai aimé ça aussi. Mon amour pour Virginie en restait inchangé et j'avais adoré baiser cette autre fille. Chaque partie de Clara différait de Virginie. Son intérieur était plus moite, plus profond, et je sentais ses lèvres fluer et refluer le long de mon sexe dur. Son corps, plus replet que celui de ma chérie, vibrait d'une autre intensité à chaque mouvement de hanches, comme si toute sa peau, tout son être, m'aspirait dans un flot continu. Il y avait dans cet acte quelque chose proche du sublime. Je ne cherche pas du tout à excuser ou à justifier mon infidélité. Je pense juste que l'attirance du corps de l'autre dépasse le simple fait d'aimer, pour ma part en tout cas. Je comprends d'ailleurs tout à fait que Virginie ait pu ressentir le besoin ou l'envie de coucher avec d'autres corps que le mien. Sans faire de moi un obsédé sexuel, je l'espère, mon appétit de découverte s'intensifie au fil des mois. J'ai envie de parcourir de nouveaux rivages inconnus, d'accoster des îles désertées depuis longtemps, d'arpenter chaque repli de leur sol. La sensation de coucher avec une femme plus âgée est-elle différente ? Je crois que j'aimerais essayer. Vingt-cinq ans. Voire trente ou quarante. Je n'ai pour l'instant eu de rapport qu'avec deux filles et, à chaque fois, j'ai eu le sentiment indescriptible, à ce moment-là, d'accéder à l'intégralité du cœur de l'autre et de sa pensée. Je veux continuer à percer le secret des ténèbres féminines.

Virginie est partie en septembre de cette année pour faire sa terminale à Paris. Pour se rapprocher de chez son père et surtout pour augmenter ses chances d'intégrer une grande école de commerce. Je n'ai plus de nouvelles, je ne sais pas si c'est triste. Pour sûr, son rire, son intelligence espiègle, son regard, ses courbes restent gravés dans mon esprit. Elle fait partie de ces personnes qui m'ont ramené à la vie.

Je n'ai jamais recouché avec Clara. Je n'en ai pas eu l'occasion ni le désir. Peut-être cette étreinte ne lui a-t-elle pas plu. Je n'en sais rien, nous n'en avons jamais parlé. Léo et moi sommes toujours aussi proches. J'espère que nous continuerons à nous voir autant après le bac.

Ma sœur me manque.

Dans l'obscurité de notre cachot, je ne la voyais plus, mais j'imaginais et je dessinais dans mon esprit son visage rond, ses taches de rousseur qui piquetaient ses joues autrefois rebondies, ses yeux bleus pétillants, ses boucles blondes qui enjolivaient sa bouille, excepté la fois où elle avait tenté de se couper les cheveux toute seule.

J'ai développé durant cette période d'enfermement un lien de dépendance à son égard. Ces six cent douze jours avec elle ont été comme une longue gestation, à la manière de jumeaux partageant le même espace, buvant la même eau, assimilant la même nourriture – si misérable fût-elle.

Que ce soit dans notre chambre ou dans le placard de la buanderie, la méthode de ravitaillement restait inchangée : nous entendions le bruit de la clé dans la serrure, puis une main nous lançait notre maigre pitance. On peut difficilement dire que notre alimentation était variée : nous devions parfois nous contenter d'une baguette de pain pour tout repas, d'un paquet de chips ou de bonbons, d'un sachet de gruyère râpé, de gâteaux… Rien n'était cuit. La main ne daignait pas passer du temps à nous cuisiner quelque plat. La main cherchait à nous éviter. Nous attendions son passage avec impatience et effroi : si elle était nécessaire à notre survie, c'était aussi d'elle que venaient les coups. La main ne savait plus caresser. La main ne savait plus essuyer les larmes. La main ne savait plus effleurer les égratignures pour les faire guérir. La main ne savait plus se glisser dans les cheveux. La main ne savait plus rafraîchir les fronts fiévreux. La main avait désappris tout cela.

Une fois seulement nous reçûmes sans nous y attendre ce que l'on pourrait appeler un cadeau. Nous étions allongés dans le placard, quand notre mère ouvrit la porte et déposa sur le sol – sans la jeter – une assiette dans laquelle fumaient encore deux croque-monsieur. Nous crûmes à une farce de sa part, à un piège. Puis une fois la porte refermée, et l'obscurité revenue, nous nous approchâmes de ce Graal et nous le dégustâmes religieusement. J'hésitai à en garder une partie pour plus tard mais ma sœur m'encouragea à le terminer. Quand j'y repense, ce geste de ma mère me surprend encore. Je ne comprends toujours pas si elle s'est soudainement souvenue qu'elle avait des enfants, qu'elle les retenait prisonniers dans un réduit, et que ce n'était pas deux animaux qu'elle nourrissait quand elle y pensait. A-t-elle tout à coup été prise de remords ? Si tel est le cas, comment a-t-elle pu préparer pour nous ces deux sandwichs, avec amour peut-être, ou pitié sans doute, pour ensuite nous laisser entre ces quatre murs ? Je n'ose imaginer les questions qu'elle a pu se poser pendant ces deux années où nous étions sous son toit, invisibles. Je n'ose les envisager parce que je ne conçois pas qu'à un moment sa raison n'ait pas réussi à reprendre le dessus. N'a-t-elle jamais douté de son entreprise ? N'a-t-elle jamais émis l'hypothèse que, quelle qu'en fût la manière, tout cela finirait un jour ? Quel était son but ultime ? Je l'ignore, et je ne sais à vrai dire si elle était capable de voir une finalité à toute cette mise en scène.

J'observe Ma en secret. Lorsqu'elle regarde la télé, lorsqu'elle s'acharne avec force sur son presse-purée qui commence à rouiller, lorsqu'elle refait sa longue tresse avec une routine ancestrale, lorsqu'elle sourit. J'étudie ses gestes sans qu'elle prête attention à moi. À mesure que mon corps se déploie et prend de l'envergure, je vois le sien se courber, se rabougrir, se recroqueviller. Depuis mon lit, j'entends sa respiration s'accélérer lorsqu'elle monte les escaliers, je sais que son pas s'arrête une fois en haut pour récupérer un instant un peu de cette vitalité qui glisse entre ses lèvres. Si jamais elle ne se plaint, je perçois aux grimaces qui traversent son visage que son corps la fait souffrir plus qu'avant. Son dos, sa nuque, mais aussi ses jambes qu'elle masse machinalement sur le canapé dès qu'elle s'y installe pour regarder une émission. Elle oublie parfois de mettre ses boucles d'oreilles qui ne la quittaient jamais auparavant. Elle oublie. Ou elle n'en a plus envie. Peut-être qu'à mesure que je grandis, que je m'épanouis, que je deviens un homme, elle se dit qu'elle peut se relâcher un peu, qu'elle a accompli son devoir, et qu'elle peut laisser aller… un je-ne-sais-quoi… un petit quelque chose. Que deviendra mon corps si je n'ai plus le sien ? Je la vois forte, certes, mais je la vois vieillir, et je sais qu'un jour elle va devoir partir. C'est elle qui m'a relevé, qui a essuyé mon visage de boue pour en faire un visage d'homme. Ça n'a pas dû être facile pour une femme de son âge d'accepter de s'occuper d'un enfant, après tout ce qui m'était arrivé. Elle avait déjà son fardeau à porter, elle s'est aussi chargée du mien. Elle le dépose à présent un peu plus chaque matin.

On n'est pas un homme à dix-sept ans. Pas davantage à vingt-quatre, ni à trente. On est toujours l'éternel enfant que l'on était. Quelle sera ma vie lorsqu'elle mourra et que je serai seul ? Ce mot « famille » que j'ai vu voler en éclats si vite n'aura-t-il plus aucune consistance pour moi une fois que ce dernier fragment se sera évanoui ? Qui me soutiendra ? Qui me préparera des crêpes ? Qui fera ses mots croisés juste à côté de moi ? J'ai bien des oncles, des tantes, des cousins. Malgré leur présence, ils ne sont rien pour moi. Ils sont comme des fantômes qui traversent les murs. Sans s'arrêter. Je ne suis sans doute qu'une ombre du passé pour eux. Je les apprécie, mais ils n'ont aucune épaisseur. Il n'y a rien en eux de la solidité de Ma.

Je n'ai pas revu mon père depuis près de douze ans. Il a refusé de demander ma garde pour ne pas chambouler sa famille, pour ne pas traumatiser ses autres enfants qui ne connaissaient pas mon existence ni celle de ma sœur. Et mon traumatisme à moi ? Il s'en foutait, apparemment. J'ignore s'il leur a dit la vérité depuis. Ils doivent porter aussi mon nom. Son nom à lui. Ce nom qui m'estampille comme lui appartenant. Maintenant je ne suis plus de sa famille, je ne lui appartiens plus, puisqu'il m'a pour ainsi dire renié.

Mon esprit s'emballe lorsque je pense à lui. Il ne nous a pas asséné un seul coup, il n'a jamais haussé la voix sur nous, pourtant son absence me donne le vertige. J'hyperventile rien qu'à l'idée de le revoir un jour. Il a dû changer. Je ne sais pas si je souhaite le croiser. Je crois que non. Cela me terrifie. Il n'habite pas très loin si j'en crois la présence de son nom dans l'annuaire téléphonique. Quatre-vingts kilomètres environ. Et puis que ferait-il si nous venions à nous rencontrer ? Me tomberait-il dans les bras pour me demander de lui pardonner ? Se justifierait-il de m'avoir abandonné, à deux reprises ? Je n'attends plus rien de lui. Je me suis fait à son absence depuis toutes ces années. Lui aussi n'est qu'une ombre, qu'un fantôme du passé. Son corps n'a plus de réalité pour moi. Juste quelques bribes de souvenirs. Une veine sur un bras. De grandes mains. Un beau visage marqué par deux saphirs bleus sous d'épais sourcils bruns. Voilà. Pas plus.

Compte tenu de mon jeune âge au moment des faits, l'institution judiciaire a jugé peu propice de me faire comparaître au procès de ma mère. Ma me représentait. Tata Jacqueline était chargée de s'occuper de moi après l'école en attendant que Ma revienne de l'audience. Je garde de cette période l'impression d'un temps suspendu. Tous les soirs, dès l'arrivée de ma grand-mère, j'espérais l'entendre m'énoncer le verdict. Elle restait muette. Je n'avais aucune idée de la durée d'un procès. J'attendais la formulation de cette peine comme la satisfaction primaire que l'on ressent lorsqu'un camarade de classe est sanctionné pour une bêtise. Je savais que ma mère avait mal agi. Mais c'était ma mère.

Je n'ai que peu de souvenirs précis de l'instruction de l'affaire. De mon audition

– peut-être y en eut-il plusieurs, si c'est le cas mon esprit les fond en un seul moment – je garde l'image d'une glace à la pistache qui dégoulinait sur mes doigts. Pour me mettre à l'aise sans doute, l'un des adultes présents dans la pièce était revenu avec un cône glacé qu'il me tendit. Après une légère hésitation, je le pris et le sortis de son emballage papier. Je me revois en train de déguster cette glace dont la taille me paraissait trop grande pour mes petites mains. Je ne l'avais pas léchée d'un côté que, de l'autre, elle coulait sur mes doigts, jusqu'à mon poignet. La glace fondait sans cesse, leurs questions fusaient. J'avais du mal à faire les deux choses à la fois. Je crois que c'était la première fois que j'en mangeais une. Sans que je le leur demande, ces gens me l'avaient offerte, uniquement dans le but d'être prévenants avec moi. Je me dis maintenant qu'il s'agissait d'une manière de m'amadouer et de me rendre docile. Peut-être qu'après tout leur gentillesse était gratuite et désintéressée. C'est donc une sensation de douceur, un goût de sucre et de doigts collants que je conserve de cette audition. Depuis ce jour la pistache reste mon parfum de glace préféré.

La lecture minutieuse du plumitif et des différents témoignages du procès m'a permis d'élucider certains éléments qui demeuraient mystérieux pour moi, à commencer par le problème de l'administration du système scolaire. Pendant notre réclusion, je ne comprenais pas comment nos maîtresses respectives avaient pu ne pas remarquer notre absence en classe : nous étions présents avant les vacances de Noël, et deux semaines après nous avions disparu. Pourquoi les maîtresses n'étaient-elles pas venues chez nous pour demander de nos nouvelles ? Pourquoi n'avaient-elles pas appelé ? En réalité elles l'avaient fait, dès la première semaine. Notre mère avait alors prétexté que nous étions souffrants. Ne nous voyant toujours pas revenir la semaine suivante, la directrice a de nouveau joint notre mère qui lui aurait, cette fois-ci, annoncé que notre père avait obtenu notre garde et qu'elle avait eu honte de cette décision. Nous étions donc partis vivre avec lui et nous avions été inscrits dans une autre école. L'année suivante, le rectorat aurait remarqué que nous nous étions volatilisés des listes académiques et aurait commencé à prospecter, demandant à notre mère par courrier des pièces justificatives et la menaçant d'un rappel à la loi en cas d'absentéisme scolaire. À cette lettre elle n'a jamais répondu. Il est noté dans le dossier que l'inspecteur d'académie avait décidé d'ouvrir une enquête sociale quelques semaines avant la fin de notre martyre… Aucun personnel de l'administration scolaire n'avait cherché à prendre contact avec notre père pour vérifier qu'il avait bien obtenu notre garde et qu'il nous avait inscrits dans un établissement plus proche de chez lui. Personne. Si je ne suis habité par aucun esprit de vengeance, de haine ou de réparation, je reste effaré par ce manquement de la part de l'Éducation nationale. Mon intention n'est pas de minimiser le rôle de ma mère, j'essaie juste de comprendre ce qui a fait que personne n'est venu à notre secours pendant ces longs mois. J'ai le sentiment d'avoir été oublié durant cette période, y compris des membres de ma famille. Lorsque j'ai interrogé Ma à ce sujet, elle m'a répondu avec une franchise déconcertante :

– Je parlais plus à ta mère. Et j'avais d'autres petits-enfants… donc deux de plus ou de moins…

J'étais donc une quantité négligeable pour elle. Je ne lui en veux pas. Sans elle je ne serais pas là.

Ma mère avait dû servir le même mensonge à tout le monde : elle avait perdu la garde de ses enfants. Il ne fallait plus lui en parler, c'était trop dur pour elle ! Quelques voisines ont déclaré qu'elles avaient d'abord trouvé étrange que les volets de la chambre restent toujours fermés. La détresse de la mère face à la perte de ses enfants leur avait paru une justification des plus probantes. Oublier ses enfants pour effacer la peine. C'est ce que ma mère avait essayé de faire.

8 septembre 1990. Mon corps tout entier se crispe à l'évocation de cette date.

Cela faisait déjà plusieurs mois que les rayons du soleil ne parvenaient plus jusqu'à nous et ne nous réveillaient plus. Nous étions condamnés à l'obscurité du placard. Ce furent les geignements de ma sœur qui me tirèrent du sommeil ce jour-là. Je palpai les ténèbres et la trouvai prostrée dans un coin de notre cachot. Le sol était un peu humide. Croyant que l'épisode du pipi au lit se réitérait, je m'approchai d'elle pour la prendre dans mes bras et la consoler en silence. Mon étreinte eut pour effet d'intensifier ses sanglots. Je sentais les mèches de ses cheveux trempés de transpiration coller à mon cou. Elle se dégagea de mes bras, prit l'une de mes mains qu'elle dirigea à l'intérieur de sa cuisse. Ce n'était pas de l'urine, un liquide visqueux engluait mes doigts. J'eus un mouvement de recul.

– Mais qu'est-ce que c'est ? lançai-je.

Ma question n'eut que les pleurs tonitruants de ma sœur comme réponse. Face à sa détresse, la panique commençait à me monter à la gorge et à resserrer son étau. Dans un élan absurde, je me mis à tambouriner comme un fou contre la porte de notre cellule en appelant :

– À l'aide ! Au secours ! Elle va mourir !

Ma voix, qui n'avait pas sonné aussi fort depuis longtemps, peinait à sortir et parler me demandait un effort. Mon affolement augmenta l'angoisse de ma sœur qui commença à hurler à pleins poumons. De nos cris d'enfants, nous vomissions tout le poids du silence accumulé des mois durant. Nos mugissements de bête à l'agonie résonnaient. Qu'espérions-nous ? La compassion du bourreau ?

La lumière s'alluma dans la buanderie. Au moment où la porte s'ouvrit, je n'eus pas le temps de prononcer une parole que je me pris une gifle, ou un coup, qui m'éjecta contre le mur. Bien qu'ébloui par la clarté artificielle de l'ampoule, je parvins à discerner l'environnement qui m'entourait. J'aperçus sur le sol quelques traces brunes qui menaient jusqu'au corps de ma sœur. Ses jambes étaient souillées par ce qui semblait être du sang. Elle hurlait de panique. Je la crus blessée. Ma mère lui empoigna les cheveux et commença à la secouer par la tête comme un pantin désarticulé en braillant :

– Mais qu'est-ce qui t'arrive ? Qu'est-ce qui t'arrive ?

Elle ne voulait pas connaître la réponse. Elle savait très bien. Les femmes savent ce genre de choses. La violence avec laquelle elle ébranlait le corps maigre d'Amandine témoignait de son envie de la faire taire. Ma sœur continuait à crier, agrippant ses mains au poignet de ma mère. Jamais je n'ai entendu hurlement aussi profond et aussi sauvage. Ce n'était plus un cri, c'était le râle puissant d'un monstre endormi pendant des siècles au fond de sa caverne.

Ma mère desserra ses doigts et relâcha Amandine qui s'écroula par terre. Elle sortit de la pièce, laissant la porte grande ouverte. Je n'en croyais pas mes yeux. Était-ce un oubli de sa part ? Comment pouvait-elle faire une telle erreur ? Terrassé par les pleurs de ma sœur et le coup que j'avais reçu, mon corps ne répondait plus. Impossible de bouger. Je vis tout à coup se profiler sur le carrelage blanc l'ombre de ma mère qui revenait, un objet à la main.

Elle fulminait, reprenant sa litanie avec une voix qui transpirait la folie :

– Qu'est-ce qui t'arrive ? Qu'est-ce qui t'arrive ?

– Je sais pas, vociféra ma sœur entre deux sanglots.

Ce furent ses ultimes paroles. Aussitôt, mes yeux suivirent le cercle que décrivit la main de ma mère, abattant une poêle en fonte sur le crâne d'Amandine. J'entendis le bruit sourd et creux d'une branche morte qui se brise. Puis plus un cri.

– Alors, qu'est-ce qui t'arrive ? demanda ma mère une dernière fois.

Puis, dans un soulèvement de rage, elle reproduisit son geste à plusieurs reprises, la fracassant un peu plus encore. Le corps de ma sœur ne répondait plus. Son crâne n'était plus qu'une bouillie qui continuait, à chaque coup, à produire le son d'une coquille d'œuf qu'on écrase. J'eus l'impression de voir son cerveau luire entre ce qui ne ressemblait plus qu'à des cordons de cheveux.

– Arrête ! Maman ! Arrête ! hurlai-je.

Je l'appelais encore maman ! Comment l'appeler autrement ? Quels autres mots auraient pu attendrir le démon qui s'était emparé d'elle ? Sourde à mes suppliques, elle frappait et frappait encore.

Traversé par une immense décharge électrique, mon corps se leva et se précipita en dehors de la pièce. Pour la première fois depuis longtemps, j'étais dans cette maison, ailleurs que dans notre cellule. Dans notre maison que je ne connaissais plus. Cette fois-ci, je ne rêvais pas. J'entendais au loin le rythme des coups de poêle qui continuaient à déferler. Je me mis à courir à la recherche d'une issue et c'est finalement par la porte-fenêtre de la cuisine que je m'évadai. Mon esprit ne contrôlait plus rien, mon corps, dans un ultime regain d'énergie, avait pris le relais. J'étais dehors ! J'étais dehors ! Mes yeux, aveuglés par la lumière du jour qui nous avait tant fait défaut, peinaient à rester ouverts. L'air extérieur brûlait mes poumons. Je hurlais. Mon corps tout entier se déchirait et criait dans un rugissement ininterrompu. Mes jambes, pourtant, me portaient aussi loin qu'elles le pouvaient. Je ne sais combien de temps dura ma course, sans doute quelques minutes à peine. Un homme finit par croiser ma route et son témoignage raconte que je me suis précipité dans ses bras. Je ne m'en souviens plus.

Je dois ma vie à la mort de ma sœur.

Elle me manque. Je me demande à quoi elle ressemblerait maintenant. Elle aurait vingt ans. Je sais que dans ce « combat » judiciaire, c'est le sort de ma sœur qui a décidé ma grand-mère à agir. Sans elle, Ma aurait sans doute renoncé à toute poursuite, mais par respect pour Amandine, elle s'est portée partie civile contre sa propre fille. J'imagine que ça ne doit pas être simple pour elle non plus, et qu'elle doit se demander si elle n'a pas failli quelque part. Ou bien peut-être suis-je le seul à me poser toutes ces questions… Si je n'avais pas crié ce jour-là… Si j'avais simplement séché les larmes de ma sœur… Si je l'avais réconfortée… Nous aurions trouvé une solution, comme à notre habitude… Pour combien de temps ?

J'ai beaucoup travaillé avec les psys sur mon sentiment de culpabilité. J'ai beau savoir que ma mère est la seule responsable de cette tragédie, mon esprit ne peut s'empêcher de formuler des « et si… ». Je dois accepter que notre soumission n'avait rien d'abject, que nous n'avions pas les armes pour nous défendre, que l'élan premier d'un enfant c'est de faire confiance à ses parents, de leur obéir, et que, par conséquent, nous avons fait de notre mieux pour survivre. J'ai fait de mon mieux. Ce n'était pas à moi de sauver ma sœur…

Dix-sept ans. Dix-sept ans de prison. Voilà le prix pour avoir séquestré ses deux enfants pendant six cent douze jours et tué l'un d'entre eux. Je ne saurais dire si c'est cher payé ou trop peu, je constate juste la valeur de ces actes en termes de peine. Ma grand-mère a paru soulagée le jour où le verdict est tombé. C'est elle qui me l'a annoncé, d'un air presque enjoué.

– Elle a pris dix-sept ans !

Plus que la satisfaction de la peine prononcée, je pense qu'elle savourait la fin du procès. Ç'en était terminé, la vie pouvait reprendre ses droits. Ma mère avait précisé qu'elle ne ferait pas appel de la décision.

Ça laisse du temps pour réfléchir à l'horreur de ce qu'on a fait, dix-sept ans. Réussit-elle à se regarder dans un miroir ? Éprouve-t-elle des remords ? J'ai parfois l'envie saugrenue d'aller lui rendre visite au parloir pour avoir une vraie discussion avec elle, pour qu'elle me fixe droit dans les yeux et qu'elle me dise pourquoi, pourquoi elle a pris la décision de nous enfermer, pourquoi elle a persisté dans son projet macabre, pourquoi elle a été chercher une poêle pour fracasser le crâne de ma sœur.

Dix-sept ans, ça permet aussi de panser les plaies, de gommer les cicatrices. Je n'ai jamais éprouvé le moindre sentiment haineux à l'égard de ma mère. De la colère parfois, de l'incompréhension beaucoup. On dit dans les livres que j'ai pu parcourir que le pardon est souvent essentiel pour favoriser l'épanouissement de l'individu à la suite d'un traumatisme. Je ne sais pas si je lui pardonne. Je comprends les blessures que la vie lui a infligées. Je comprends sa fragilité. J'ai du mal à comprendre ses actes.

Cela fait à présent neuf ans que ma mère n'a pour tout horizon que les quatre murs de sa cellule. Neuf ans qu'à son tour elle vit l'enfermement. À la différence de nous, elle n'a pas à supporter la faim. Elle est nourrie, elle peut voir la lumière du jour, elle peut lire quand elle le souhaite, elle peut dormir dans un lit, elle peut faire ses besoins, elle peut parler sans avoir peur d'être frappée.

J'ai calculé qu'avec les remises de peine possibles, elle pourrait sortir d'ici quatre ou cinq ans. J'aurai vingt et un ans. Je ferai des études. Je l'espère. Que ferai-je d'elle ? La prison a cela de pratique qu'elle m'évite de réfléchir à la place à lui donner dans ma vie. Pour le moment, elle est encore en dehors du monde et de sa réalité, mais au moment où elle sera libre… Voudra-t-elle me revoir ? Découvrir l'homme qu'elle aura fait de moi ? Aurai-je envie de promener à nouveau mes yeux sur ce visage qui s'efface ? Et Ma dans tout ça, prendrait-elle comme un affront le fait que je demande à revoir ma mère ?

La semaine dernière, en fouillant dans le petit meuble de la cuisine, à côté de la panière à pain, j'ai fait tomber le répertoire téléphonique de ma grand-mère, éparpillant ainsi sur le sol une dizaine de papiers dissimulés entre les feuillets. L'un d'entre eux a attiré mon attention car il portait en lettres rouges la mention « *La mère infanticide condamnée* ». J'ouvris un deuxième billet qui avait été découpé et plié avec méticulosité de sorte que la photo qu'il comportait ne soit pas dégradée par les traces de la pliure : on y voyait ma maison d'enfance, les volets fermés, juste en dessous du titre « *Fait divers : La maison de l'horreur* ». Il y avait là, à mes pieds, plusieurs coupures de journaux qui évoquaient toutes le cas de ma mère. Je n'avais jamais vu ces documents. J'ignorais que Ma les avait amassés en secret. Comme elle venait de partir faire des courses, je savais que j'avais quelques minutes devant moi avant son retour. Je parcourus les articles en diagonale. Aucun ne m'apportait d'élément que je ne connusse déjà, la plupart insistaient sur des détails sordides pour apitoyer davantage le lecteur. Nul besoin de lyrisme quand les faits se suffisent à eux-mêmes.

Je m'interrogeai sur la raison de cette sinistre collection, faite à la manière d'un parent qui entasserait les articles affichant son aîné vainqueur d'une course locale ou d'un concours d'éloquence, exhibant fièrement son sourire et sa coupe en métal.

Quel intérêt Ma voit-elle à garder tous ces papiers « en souvenir » ? Pour conserver un petit morceau de sa fille ? Pour se forcer à ne pas oublier ce qu'elle a fait ? Parce que, d'une certaine manière, elle estime avoir une responsabilité dans tout ça ? Ou bien n'y pense-t-elle jamais ? Elle non plus n'a pas été la voir en prison. Pas que je sache. Quelle position adoptera-t-elle lorsque sa fille sortira ?

Le bruit du loquet rouillé du portail de la cour me tira de ma torpeur, et je rangeai le tout à la hâte à l'endroit où je l'avais trouvé. Un jour, j'essaierai de poser toutes ces questions à Ma, si j'ose briser les barrières de nos pudeurs. Un jour.

Dans moins d'un mois, nous passerons à l'an deux mille. Si, comme certains le pensent, cela correspond à la fin du monde, alors toutes mes questions auront été bien inutiles. En attendant, je vais fêter le réveillon avec mes potes, et on verra bien ce qu'il se passe.

On verra bien.

Au moment voulu.

C'est ma mère après tout.

Remerciements

Je tiens à remercier les personnes qui m'ont, de près ou de loin, aidé dans l'écriture de ce roman : Lise Chasteloux, Cyprien Vial, Magali Goblet, Philippe Le Tendre Yaici, Pascale Joulain, Émilie Vergnes, Amélie Loiseau-Bronner, François Berthod, Marine Beroni et Émilie Derpion.

Cet ouvrage a été mis en pages par

<pixellence>

N° d'édition : L.43EVAN000468.N001
Dépôt légal : mars 2023
Achevé d'imprimer en décembre 2022 en Espagne par Liberdúplex